오늘처럼

인생이 싫었던 날은

오늘처럼
인생이 싫었던 날은

세사르 바예호 시선집

고혜선 옮김

다산
책방

바예호를 다시 소개하면서

1998년에 『희망에 대해 말씀드리지요』라는 제목으로 바예호 시선집을 내고 약 20년이 지나 개정증보판을 내게 되었다. 출판 당시 외환위기의 한국 실정에 가장 어울리는 제목의 시가 「희망에 대해 말씀드리지요」라고 판단해서 제목으로 정했던 기억이 새롭다.

문학, 그중에서도 시를 번역한다는 것은 골치 아픈 일이다. 바예호 자신도 "시는 번역이 되면서 시 본연의 절대적 고결함을 잃으며, 따라서 시란 원어로 읽어야 한다."*라고 했는데, 올바른 지적이라 할 수 있다. 사실 바예호도 파리에서 경제적 이유로 번역에 손을 댔기 때문에 번역, 특히 시를 번역한다는 것이 얼마나 힘든 일인가를 잘 알았을 것이다. 그런데, 바예호의 말을 받아들인다면 그의 시를 음미하기 위해 우리는 스페인어를 배워야 한다. 게다가 그의 시어는 안데스 스페인어가 중심

---

* Vallejo, César. Poesía Completa. Tomo III, Lima: Pontificia Universidad Católica del Perú, 1997. p.435

이 되어 있으니, 그걸 또 어쩌겠는가? (그런 이유로 2015년 힌디어와 방글라데시어로 번역되기 전까지 아시아계 언어로 바예호 시선집이 나온 것은 한국어 번역이 유일했다.) 그렇다고 20세기 세계 시단에 큰 영향을 준 바예호를 한국에 소개하지 않을 수는 없지 않은가?

스페인어권 다른 시인들의 경우, 적어도 시 내용을 함축하는 제목이 있고, 그에 따라서 시어가 상징하는 것이 무엇인지를 가늠하여 한국어로 옮길 수 있지만, 바예호의 경우에는 제목이 있다 해도 시 내용과 어울리지 않는 경우도 많고, 제목 없이 일련번호로 되어 있는 시도 많아 제목만으로는 시 내용을 유추하기가 힘들다. 게다가 한 시 내에서도 연에 따라 전혀 다른 내용이 되기도 하고, 시어 자체가 연상에 연상을 거듭하므로, 그 수수께끼를 풀지 않고는 스페인어로도 제대로 이해할 수 없다. 아직도 바예호의 시를 두고 이런저런 평론이 난무하는 걸 보면, 그의 시 세계가 평단의 난제이긴 한 모양이다.

이번 시선집에서는 『희망에 대해 말씀드리지요』 초판본에 수록된 시 외에, 바예호의 시 중에서 평론가들이 많이 언급한 시를 추가해서 옮겼다. 초판본에 수록된 시들은 좀 더 가독성을 살리는 방향으로 수정했으며, 새로 번역한 시들 역시 원시의 의미가 훼손되지 않는 범위 내에서는 번역 냄새가 나지 않게 하려고 나름 노력했다. 특히 스페인 내전을 가장 생생하게 그린 시집으로 평가받는 『스페인이여! 나에게서 이 잔을 거두어다오』에 수록된 시 전편을 옮겼다는 것에 의의를 두고 싶다.

이번 작업을 하며 번역은 역시 제2의 창작이라는 말을 다시 한 번 뼈저리게 느꼈다. '시인이 살아 있다면 묻기라도 할 텐데'라는 생각을 많이 했지만, 어쩌면 시인 스스로도 왜 그렇게 썼는지 모를 수 있겠다는 생각이 들었다. 그럼에도 불구하고, 바예호를 한국 독자들에게 소개해야 한다는 '사명감'에 젖었던 것은, 누군가는 해야 할 일이고, 스페인어를 다른 언어로 옮긴 것을 중역하는 것보다는 스페인어에서 직접 한국어로 옮기는 게 더 낫다는 생각이 들어서였다.

　이 작업은 안데스 스페인어를 아는 남편 프란시스코 카란사 선생이 있었기에 가능했음을 고백하면서, 세사르 바예호를 국내에 다시 소개하고 싶다고 연락을 준 이승환 편집자와 다산책방 관계자 여러분께도 감사드린다.

2017년 8월

고혜선

감사의 말

세사르 바예호와 한국 독자

1998년에 『희망에 대해 말씀드리지요』(문학과지성사, 고혜선
역)라는 이름으로 세사르 바예호 시선집이 출간되면서, 시를 사
랑하는 한국 독자들은 이 페루 시인의 시를 본격적으로 접하
게 되었고, 점차 이 시인의 생각과 감정에 매료되어갔다. 그로
부터 10년 후인 2008년, 페루대사관은 단국대학교 아시아 · 아
메리카 문제 연구소가 주최한 '세사르 바예호 국제학술대회'를
후원한 바 있다. 당시 그 대회에 참가한 일본, 대만, 인도의 중
남미 문학연구자들은 한국 독자들을 제외하고, 기타 나머지 아
시아권 독자들은 아직도 세사르 바예호에 대해 전혀 모르고 있
음을 고백했다. 즉 당시까지 일본어, 중국어, 힌디어 등으로는
시인의 시집이 번역되지 않았다는 것이다. 이것은 우리 모두를
고무시켰다.

안타깝게도 이제 더 이상 서점에서 그 책을 찾을 수 없던 차
에, 다산책방이 페루의 산티아고 데 추코 태생으로 프랑스 파
리에서 생을 마감한 시인 세사르 바예호를 다시 소개하기 위해
새로운 선집을 발행하자고 역자에게 연락을 취해왔다는 소식

을 들었다. 우리 모두는 말할 수 없이 기뻤다. 그것은 바로 한국 독자들이 바예호 시 세계에 대한 지식을 넓히고 즐거움을 증폭시킬 수 있는 또 다른 좋은 기회, 예술과 예술가들은 범세계적이라는 것을 재확인시켜줄 기회가 될 것임에 의심할 여지가 없기 때문이었다. 또한 이 안데스 시인을 통해 한국 독자들은 페루에 대해 폭 넓게 이해할 수 있으리라 확신했기 때문이다.

주한 페루대사관원 모두는 한국 독자들이 페루가 낳은 가장 훌륭한 시인의 작품에 큰 관심을 가지는 것에 대해 긍지를 느낀다. 문자로 쓴 걸작이 좋은 역자를 만나 올바르게 소개된다면 우리 모두는 문학을 통해 좀 더 가까워질 것이며, 물리적인 거리나 문화적 차이에도 불구하고 결국 인류는 하나라는 것을 인식하게 할 것이다.

끝으로 페루와 한국의 소통에 많은 가교가 되어주는 고혜선 교수와 출간을 결정한 다산책방, 시를 사랑하는 한국 독자들에게 깊은 감사를 전한다.

2017년 8월
주한 페루대사관원 일동

차례

『트릴세』 초기 본에 수록되지 않은 시들

『인간의 노래』

일러두기

1. 번역 대본으로는 *César Vallejo, Poesía Completa*(Ricardo Silva-Santistéban 편집, Pontificia Universidad Católica del Perú 출판부, 1997)를 사용했으나 시에 따라서는 기타 다른 전집, 바예호의 원고를 참고했다.

2. 차례에서 제목 앞에 '*'가 붙은 것은 제목이 없는 시이며, 번역 대본에 따라 본문에서는 시의 첫 문장 또는 첫 어절을 제목으로 삼았다.

3. 주석은 모두 옮긴이 주다. 본문의 내용과 밀접한 관련이 있는 주석은 각주로, 좀 더 깊은 이해에 도움을 주는 주석은 미주로 처리했다.

4. 본문 중 굵게 표기된 부분은 원서에서 대문자로 강조한 부분이다.

『검은 전령』에 수록되지 않은 시들

죽은 종[1]

종루의 잿빛 관 속에
죽어서 묻힌 슬픈 종,
비극의 고독한 꿈속에
잊혀버린 시인의 영혼.

순교자의 그림자 같은
잊혀진, 조용한, 어두운 종,
황금빛 석양으로 물들어
종루 위에서 눈물을 쏟는다.

식지 않은 여름날 황혼녘
무너진 내 차가운 가슴팍에
눈물이 매달린다.

슬픈 청동처럼 죽어버린,
굳어버린, 말을 잃은 내 마음.
상처에서 흘러나오는 붉은 피.

죽은 형에게[2]

잔혹한 세월의 고통을 겪어온 담에 기대
죽어가는 태양의 마지막 루비를 바라본다.
성당의 청동 종은 허공으로 날려보내는
나의 인간적 불평, 괴로움을 이해한다.

상중의 부모님 집에는 아직도
형에 대한 추억이 살아 있다. 아, 형은 이미 죽었는데…
왔다 가버리는 제비처럼
형의 따스한 빛은 아직도 내 영혼 안에서 떤다.

저기 언덕 멀리, 공동묘지가 봉긋하다.
신비의 손은 임무에 충실한 보초,
거기서 형의 고운 마음을 앗아가버렸다.

어머니께 이 말씀을 드려야지! 내가 간구를 하자
세상이 하늘에서 거대한 빗소리를 낸다.
눈먼 할아버지 신도 핏빛 태양 비를 내린다.

검은 전령

Los heraldos negros

검은 전령

살다 보면 겪는 고통.[1] 너무도 힘든… 모르겠어.
신의 증오가 빚은 듯한 고통. 그 앞에서는
지금까지의 모든 괴로움이
썰물처럼 영혼에 고이는 듯… 모르겠어.

얼마 안 되지만 고통은 고통이지. 굳은 얼굴에도
단단한 등에도 깊디깊은 골을 파고 마는…
어쩌면 그것은 길길이 날뛰는 야만족의 망아지,[2]
아니면, 죽음의 신이 우리에게 보내는 검은 전령.

영혼의 구세주가 거꾸러지며 넘어지는 것.
운명의 신이 저주하는 어떤 믿음이 넘어지는 것.
이 처절한 고통은 그리도 기다리던 빵이
오븐 문 앞에서 타버릴 때 나는 소리.[3]

그러면, 불쌍한… 가엾은… 사람은
누가 어깨라도 치는 양 천천히 눈을 돌려,
망연히 바라봐. 지금까지 살아온 모든 것은

회한의 웅덩이가 되어 그의 눈에 고이고.

살다 보면 겪는 고통. 너무도 힘든⋯ 모르겠어.

성스러운 나뭇잎 추락[4]

달! 거대한 머리 왕관!

물푸레나무 그늘 속에서 뜯기는 너의 이파리.

예수의 붉은 왕관!

비극적으로 그리워하는 사랑스러운 에메랄드.

달! 무언가에 홀린 파란 마음,

너는 왜 파란 포도주가 넘치는 잔 속에서

패배한 배, 상처 난 배처럼

서쪽을 향해 흘러가는가?

달! 날으려는 헛된 노력으로

흩뿌려진 오팔 사이에서 산산조각 났구나.

어쩌면 너는 눈물로 시를 쏟아내며

파란 세계를 떠도는 나의 집시 마음.

얼어붙은 뱃전

저 멀리서 항상 내 마음을 빼앗는 그대, 증기선,[5]
나는 그대가 지나는 걸 보러 매일 온다.
그대의 두 눈은 금빛 선장.
그대의 입술은 핏빛의 이별[6] 속에서
흔들리는 자그마한 빨간 손수건.

저 멀리서 항상 내 마음을 빼앗는 그대, 증기선,
그대가 지나는 걸 보러 온 그 어느 날,
차가움에 지친, 기다리는 세월에 지친
이 오후의 별은 떠나갔으리라.

배신의 밧줄, 배신의 바람, 가버린
여인의 바람!
그대의 냉정한 선장이 명령을 내릴 날,
이미 떠나갔을 사람은 내가 되리니…

성탄 전야[7]

침묵하는 오케스트라. 나뭇가지 아래
어른대는 잠 못 이루는 여인들의 그림자.
달의 얼어붙은 환상 속으로 들어가는
나뭇잎. 창백한 구름.

잊어버린 아리아를 구성지게 부르는 입술들,
상아색 옷을 흉내내는 커다란 백합들.
제멋대로 자란 덤불에 비단 향을 뿌리는
들뜬 무리들의 떠드는 소리와 미소.

네가 돌아올 때 빛이 환하게 웃기를 고대한다.
너의 아름다운 형태가 나타나는 순간
축제는 금빛 장조(長調)로 노래하고,

내 시들은 네가 있는 곳에서 춤을 추고,
신비의 청동 모두는 네가 사랑하는
예수아기[8] 태어났다며 콧노래 부르리라.

아! 괴롭다

─도밍고 파라 델 리에고[*]에게 바침

틸리아[**]를 위해 튀어보리라. 내 시들은
비극 속에서 맛있는 송이가 된다.
죽어가는 태양, 우울한 포도주처럼
운율 있는 과일마다 피 흘리리라,
   틸리아는 마지막 순간에
빛으로 변하는 십자가를 가지리니!

틸리아를 위해 불을 붙이리라. 내 입술의
꿩음 조각은 비극 속에 있다.
입맞춤을 위해 동그랗게 모둔 입술은
백 개의 성스러운 꽃잎으로 찢어지리라.
   틸리아는 칼,
꽃을 죽이는[9] 칼, 여명의 칼을 가지리니!

내 여인, 어둠 속의 순수한 순교자,

*   시인의 트루히요 시절 친구.

**   여자이름 '오틸리아Otilia'의 애칭.

생명의 신을 그대 발밑에 둘 것이다.

그대가 내 시들로 기도하면서 밤새우는 동안,

내 머리는 핏빛 액체 속의 성체가 되리라.

　　틸리아, 그대는 백합 안에 담긴

바이러스 같은 내 피를 탐욕스럽게 마시리라.

희미한 빛

도피를 꿈꾸었습니다. 당신의 속옷이
침실에 어지럽게 흩어진 꿈을 꾸었습니다.
부두[10]에서 어떤 애 엄마가
재빨리 열다섯 살 젖가슴을 줍니다.

도피를 꿈꾸었습니다. '영원한' 도피,
뱃머리 난간에서 한숨을 내뱉는 도피.
어떤 애 엄마 꿈을 꾸었습니다.
싱싱한 야채,
여명에 비친 여인의 옷.

부두에서…
숨막히는 목 전체에서!

버드나무

겨울의 서정, 버들가지[11]의 속삭임,
이제 곧 떠날 시간.
오후의 이별을 예고해주는
구슬픈 노래 소리.

환영으로 보는 나 자신의 장례식,
치명적 상처를 입은 내 무덤.
에테르로 인해 삶을 잃은 곳,
그 미지의 따스한[12] 사랑.

새벽녘에 나는 울면서 떠나리라.
내 나이가 휘어짐에 따라
내 짧은 삶도 낫처럼 휘어지겠지.

죽어가는 달의 차가운 성유 앞에서,
쇳소리로 짖어대는 개들은
무정한 대지에서 작별 하나 파헤치리라.

부재(不在)

피할 수 없는 선을 따라
내가 멀리 아주 멀리
저 신비의 세계로 들어가는 아침,
당신의 발들은 묘지를 향해 굴러가겠지.

내가 우울한 새가 되어
어두운 바다, 침묵 제국의
연안으로 들어가는 아침,
당신은 하얀 묘지의 포로가 되겠지.

당신 눈에는 밤이 내릴 것이고,
괴로워하며 후회 속에
불행 속에 하얗게 지새겠지.

청동이 우는 동안
당신의 괴로운 마음속으로
한 무리 회한이 지나가겠지.

타조

우울, 이제 네 달콤한 주둥이를 빼라.

반들반들한 내 밀로 굶주린 배를 채우면 안 돼.

우울, 이제 그만! 내 파란 거머리가

뽑어내는 피를 네 비수(匕首)들이 얼마나 마셔대는지!

저 위에서 내려온 여인의 만나*를 다 먹어치우면 안 돼.

내일 그 만나에서 십자가가 태어나기를 나는 고대한단다.

내일 내가 눈을 돌려 바라볼 사람이 없을 때,

무덤은 비웃어가며 거대한 O를 열겠지.

내 마음은 괴로움으로 물을 준 화분.

거기서 배를 불리는 늙은 새들이 있다.

우울, 내 목숨을 바짝 말리면 안 돼.

너의 그, 여자 입술을 이제 드러내렴.

*   maná. 하느님이 주신 양식.

거미

이제는 맘대로 다닐 수 없는 거대한 거미 한 마리,
빛바랜 거미. 머리 하나, 배 하나가
전부인 몸에서 피가 흐른다.

오늘 그 거미를 봤다. 수많은 발을
사방으로 뻗쳐대느라고
얼마나 애를 쓰던지.
순간, 거미의 절대적인 조종기,
보이지 않는 눈이 생각났다.

돌 가장자리 한쪽에서
잠자코 떨고 있던 거미,
배는 이쪽,
머리는 저쪽.

수많은 다리가 있어도, 가엾은 녀석은 아직
해결책을 못 찾았다.
그런 상황에서 안절부절못하는 녀석을 보면서

얼마나 마음이 아프던지…

녀석은 거대한 한 마리 거미, 배가
머리를 쫓아가지 못하는 존재.
그의 눈,
그의 수없는 발을 생각하면서,
얼마나 마음이 아프던지…

순례행렬

함께 간다. 잠이 얼마나
우리 발을 달게 핥아대는지.
그러자 모든 것은 무미한[13]
창백한 포기로 바뀐다.

함께 간다. 우리처럼
사랑 때문에
이미 지나갔던 죽은 영혼들도
핏기 없는,[14] 아픈 발걸음으로
뻣뻣한 상복을 입고 나와
우리 사이에서 걷는다.

사랑하는 이여! 한줌 흙덩이가
끝나는 선(線)으로 가자.
순수한 기름을 칠하고
지나가는 날개. 그러나 내가 무언가에
충격 받고 어딘가에 쓰러지자,
내 눈물방울마다 충격의

적의에 찬 이빨이 날카롭게 박힌다.

견장들 때문에 상처투성이 된
군인 하나. 위대하신 군인.
영웅적 오후에 용기를 얻어,
그의 발치에 있는
끔찍한 천 같은 삶의 이력을
웃어가며 보여준다.

함께 간다. 모두 함께.
승리의 빛, 아픈 발걸음으로
모두 함께
묘지의 보랏빛 겨자꽃[15]을 지나간다.

좁은 관람석¹⁶

이리 와, 더, 더. 난 아주 괜찮아.
비가 오네, 잔인한 훼방꾼.
발을 떼, 발을.

가시나무 덤불 같은 저 손들은
언제쯤에나 커튼을 올릴까?
보여? 다른 사람들은 어찌 저리 태평한 건지.
이리 와, 더, 더.

비가 오네, 상장(喪章)을 가득 실은 배는
오늘 늦게 떠난단다.
상장은 신비한 환상 속에서 떼어낸
쪼그라든 시커먼 젖꼭지 같겠지.

이리 와, 더, 더. 너 가장자리에 있잖아,
그러다가 저 바다 밑으로 떨어지겠다.
아이구, 미동도 하지 않는 저 상징의 커튼…
내 박수는 검은 장미의 축제.

내 자리를 네게 내줄게.

내가 있던 자리엔

실낱같은 영원의 피가 흐를 거야.

나 어디 아픈가봐.

발을 떼, 발을.

..................?[17]

—내가 너를 사랑한다면… 어떻게 될까?
—미치겠지!
—그자가 너를 사랑한다면?
—굉장히 점잖겠지.
달콤하진 않겠지만.

—네가 나를 받아들인다면?
그렇게 된다면 너의 순수한 눈동자에
실망의 그늘이 드리우겠지.

그런데 개가 주인을 사랑할 때
회초리가 춤을 추든?
—아니. 그런데 우리 인생이잖아.
너 아프구나. 가라. 나 졸려.

(저녁의 가로수 아래로
장미의 굉음이 터져나온다.)
—눈동자들은 빨리 가버려라…

그런데 내 눈에는 벌써 밀림이 움트네!

시인이 연인에게

오늘밤 당신은 십자가에 못박히셨습니다.
나의 입맞춤은 두 개의 널빤지 위로 쏟아졌지요.
당신의 고통은 내게 일깨워주었습니다. 예수께서
우셨음을, 입맞춤보다 더 달콤한 수난의 금요일이 있음을.

당신이 그리도 많이 나를 바라보았던 이 이상한 밤.
죽음의 신은 온몸으로 즐겁게 노래를 불렀지요.
가장 인간적인 내 입맞춤이 쏟아진 9월의 오늘밤,
나는 두 번째로 나락에 떨어졌습니다.

우리 둘은, 꼭 붙들고 함께 죽어갈 겁니다.
우리의 고통 덩어리는 서서히 말라갈 것입니다.
우리의 죽은 입술들은 어두워질 것입니다.

당신의 거룩한 눈에선 힐난의 빛도 없군요.
다시는 당신을 욕되게 하지 않으렵니다. 우리는
한 무덤에서 다정한 남매처럼 잠들어 있을 겁니다.

여름

여름, 나 이제 가련다. 오후의
부드러운 네 손 때문에 마음이 아프다.
온 마음을 다해 오느라고, 늦었구나.
그런데 내 영혼에서는 그 누구도 볼 수 없을 거다.

여름, 죽어버린 연인들의
동강난 반지를 찾아 저 멀리서
축복하러 왔다가 실의에 찬 주교처럼,
너는 자수정과 금으로 된 커다란
로사리오를 들고 내 발코니로 지나갈 거다.

여름, 나 이제 가련다. 저기, 9월에 심은
내 장미를 네게 부탁하마.
죄악의 나날, 죽어버린 모든 날,
그 나무에 성수(聖水)를 주렴.

하도 울어서, 무덤이 신앙의 빛 덕분에
날갯짓을 하면,

연령(煉靈)을 위한 기도 소리 드높여, 신께

이렇게 기도해라. 장미를 영원히 죽은 채로 두시라고.

모든 것이 이미 늦었을 거다.

그리고 내 영혼에서는 그 누구도 볼 수 없을 거다.

울지 마라, 여름아, 저 이랑에서는

죽은 장미 한 송이가 수없이 다시 태어난단다.

9월[18]

9월 그날 밤, 당신은 내게
너무나 다정했다, 아플 정도로!
다른 건 모르겠어, 그런데 당신이
다정해서는 안 되었어, 안 되었지.

그날 밤, 내가 이해하기 어렵고, 폭군 같았고,
아팠고, 슬픈 걸 보자 당신은 울었지.
다른 건 모르겠어, 그런데
내가 왜 슬펐는지, 왜 그리 슬펐는지 몰라.

9월의 그 사랑스러운 밤에만,
당신의 눈은 하느님과는 멀리 떨어진
막달레나 눈이었고, 나도 당신에게 다정했었지!

9월의 오후였지, 그날, 자동차에서
당신의 뜨거운 몸에
12월 오늘밤 흘리는 눈물샘의 씨앗을 심었지.

배설

오늘 오후 비가 내린다, 이렇게 내린 적은 없었는데.
그대, 난 정말 살고 싶지가 않다.

오늘 오후는 다정하다. 다정하지 않을 이유가 있나?
그대, 은총과 고통의 옷을, 여인의 옷을 입으렴.

오늘 오후 리마에 비가 내린다.
내가 배신을 저지른 잔인했던 동굴.
"그러지 마"라는 그녀 목소리보다 더 무거웠던
그녀 양귀비 위에 있던 내 얼음 덩어리.

나의 난폭한 검은 꽃들,
거대한 야만적 투척, 얼어붙은 시간.
타오르는 기름을 가진 존엄성이
빚어내는 침묵이 마침표를 찍는다.

그래서 오늘 오후는 이 마음, 이 부엉이와 함께 간다.
이런 적은 한 번도 없었는데.

다른 여인들이 지나간다. 내가 그렇게도 슬픈 걸 보자
깊은 고통으로 생긴 험악한 주름 속에 있는
그대를 조금씩 떼어내 간다.

오늘 오후 비가 내린다. 많이 내린다.
그대, 난 정말 살고 싶지 않다.

검은 잔

밤은 악의 잔, 파르르 떠는 핀 같은
경비원의 날카로운 휘파람 소리 밤을 가른다.
여인아, 그대는 이미 가버렸는데, 파도는 왜
아직도 검게 물결치고 나는 지금껏 끓고 있는가?

대지는 어둠 속의 텅 빈 관.
여인아, 돌아오지 말아다오.

어두운 잔은 아직도 나를 괴롭히고,
내 몸은 그 안에서 헤엄친다.
여인의 진흙탕 마음 같은 잔 속에서
내 몸은 헤엄을 친다.

불덩이는 식어가고…
마른 진흙 덩어리들이
내 맑은 연꽃 위로 떨어지는 걸 느낀다.
아, 여인아! 본능으로 만들어진
몸은 너로 인해 살아 있다, 여인아!

그래서 오! 검은 잔! 그대가 떠났음에도

나는 먼지 속에서 질식한다.

목마른 몸은 더욱 더 발버둥치고.[19]

잘못된 시간

사랑하는 순결, 내 눈은 결코
그 순결을 즐기지 못했다. 부조리한 순결!

내가 생명 배태 줄을 엮던 그날,
그대가 내 안에 있었음을 안다.

무색 치마 교복의 순결,
여린 밀 안의 파란 우유.

영혼이 물러나는 표식으로 칼을 부러트린
비 내리던 오후,

쓸모없는 돌 하나가
내용물 없는 시험관에 응고된 오후,

행복하기 짝이 없던 사람들, 그러나 닫힌 눈꺼풀
가장자리로 자줏빛 눈물을 흘렸던 이들.

오, 순결, 그대가 서글픈 진흙에서 떠날 때,
그대는 내게 부탁하는 말 하나도,

목소리 한 조각도, 빛나던 멋진 연회의
그 어떤 부스러기 하나 남기지 않았다.

착하면서 못된 것들, 다정하나 매운 입들,
내게서 멀어져다오.

오, 여인들이여, 그대들을 보니 순결이 생각난다.
인생의 영원한 오후에 아주 조금 태어났는데,
죽기는 많이도 죽는구나.

제국의 향수

I

제국의 향수가 그려내는

황혼녘 만시체* 풍경화,

표피에 피가 맺힌 어린 별 같은

내 동족을 그려내는 나의 시.

종소리가 들린다. 그런데… 성당 문을

열 사람이 없다. 이 황혼에

아시아적 감흥의 시 속에서

성스러운 소품 하나가 죽어간다고 하리라.

바가지 셋이 놓인 의자는

황금빛 치차**를 드높이 들고

합창하며 봉헌하는 제단.

*   Mansiche. 페루 북부에 있는 트루히요 시의 마을.

**   chicha. 발효한 옥수수로 만든 술.

꿈과 목장 냄새 실은 연기,

바람 타고 초가집 저 멀리서

하늘을 찌르듯 올라간다.

II

잉카 이전 시대의 부조 덩어리처럼

생각에 잠긴 할머니, 실을 잣고 또 잣는다.

대지의 모신(母神)[20] 손가락은 가느다란 실패에

노년기 잿빛 양털을 잣고 있다.

눈[雪]이 막을 친 할머니의 눈,

금빛도 없는 눈먼 태양이 망가트린 눈!

굳게 다문 할머니 입, 제국시절부터 이어온 피로를

무거운 정적 속에서 지켜보는 건지도 모른다.

생각에 잠긴 벤자민나무들,

패배한 잉카의 긴 머리 음유시인들,

멍청한 십자가의 끈질긴 괴롭힘,

벌써 달아나는 진홍색 시간에
거친 거울을 땜질하는 호수
조난자 망코-카팍*이 우는 호수.

원주민에게 바치는 3부작

I

농부의 검게 탄 반들반들한 주먹,

입술에 그리는 십자가.

축제날이다! 펄펄 나는 쟁기질은

구리로 만든 방울들의 합창.

그들의 거친 일을 보라. 허리춤 가방*이 말해준다.

태양의 향수에 젖은 눈동자,

인디오의 핏줄에는

피맺힌 야라비**가 번득댄다.

깊은 한숨을 쏟는 케나***에 맞춰서,

속세의 이상한 징표인 윤무를 하며,

로사리오를 만들어가는[21] 여인들.

*   농부들이 일을 할 때 간식 따위를 넣는 가방.

**   yaraví. 안데스 지역의 슬프고 애절한 노래.

***   quena. 안데스 지방의 피리.

농부들의 현대판 태양신인 성인(聖人)[22]은
향, 초, 노래에 에워싸여
왕좌에 앉아 빛을 발한다.

II

말수 적은 인디오, 술잔을 들이켠다.
빛나는 제대를 향해 사람들이
달려간다. 황혼녘의 눈[眼]은 마을이 활활
타오르는 걸 차마 보지 못한다.

양케*를 신은 양치기 소녀,
자신의 화려한 털옷에 주름을 잡았다.
보잘것없으나 위대한 양털의 수줍음 속에
그녀의 용감한 하얀 마음이 실타래진다.

*   llanque. 굽이 없는 샌들.

음악과 불꽃 사이에서 아코디언이
연주된다. 구멍가게 주인은 바람에 대고
큰 소리로 외쳐댄다. "최고다, 최고!"

떠다니는 아름답고 우아한 불꽃,
농부가 하늘의 별 세계에 심은
싯누런 황금 밀알들.

III
새벽. 치차 술은 결국
흐느낌, 음란, 주먹질로 폭발했다.
암모니아와 후추 냄새 사이에서
술 취한 남자는 수천의 갈지자 걸음을 그려낸다.

"내일 내가 떠나면…" 촌마을 로미오는
노래를 흥얼대며 신세를 한탄한다.

벌써 해장국 파는 시간,

식욕을 돋우는 요란한 그릇 소리.

여인 세 명이 오자, 한 녀석이 휘파람을 분다.

저 멀리서 옛 시절을 그리며 취해 흐르고,

노래하고, 우는 선사시대부터 흐르는 강물.

파란 와이노*를 시작하는 듯,

타양가** 마을 카하***가 쿵쿵대자,

여명의 신은 주홍색 정강이를 걷어올린다.

도자기

나는 눈먼 코라켕케* 새,
상처 난 렌즈[23]를 통해 보고,
빙빙 도는 멋진 도자기처럼
이 세상에 묶인 새.

나는 야마.** 털 깎고 나면
나팔주둥이 모양이 되는
멍청이.
그 옛날 야라비 노래의 구릿빛으로 변하는
못생긴 나팔주둥이.

나는 스페인 사람들의 총으로
깃털이 뜯긴 콘도르의 자식,
영원한 빛을 찾는 나사로처럼
안데스에서 사람들 위로 날아다닌다.

*   coraquenque. 잉카족의 성스러운 새.
**   llama. 안네스 지역에 서식하는 낙타과 동물.

나는 우아한 잉카. 그릇된 인산염,
독이 든 인산염으로 세례를 받고
황금빛 코리칸차*에서 부식된다.
때때로 내 돌들 안에서는 죽은 푸마의
부서진 신경들이 미친 듯 춤을 춘다.

태양신이 끓는다.
어둠의 효모, 심장의 효모.

*   Coricancha. 페루 쿠스코에 있는 잉카의 신전.

오월

굴뚝이 밥맛을 풍기며

연기를 토한다, 새벽을 향해.

양치기 소녀는 장작을 패며

그 옛날의 노래를 부른다.

적갈색[24] 노래!

이 멋진 아침, 하루 대장정의

식욕을 돋우는 부엌의 연기.

꼬리를 감추려는 샛별이

그걸 마시고, 그 달콤한 맛에 취한다.

오, 밤을 지새운 하늘의 목동,

붉은 여명 한 줄기 사이에서 잠이 든다.

점심을 먹고 싶고

시냇물을 마시고 싶고, 떠들고 싶은 멋진 욕망!

저기 높은 곳에서 연기를 헤치며 날갯짓하고,

순결하고 성스러운 룻*을 따라서
가을바람에 몸을 맡기고 싶다.
밀밭의 성스러운 성유 아래에서
부드러운 알곡 하나 건네주는 가을바람.

벌어진 어깨에 낫을 걸친,
늠름한 태도의 무뚝뚝한 젊은 농부
이리추고**를 향한다.
멍에처럼 생긴 팔에서는
쇠심줄이 울근불근 숨을 쉬고,
아직은 장갑이 필요 없는 손,
생산을 위한 나날의 노력으로
손등 땀구멍에서는 빛이 번득댄다,
서글픈 다이아몬드 모양으로

---

*   구약의 인물로 모압 출신이나 히브리인과 결혼하고, 베들레헴으로 가
      서 밭의 이삭을 주워가며 홀로 된 시모를 봉양했다.

**   Irichugo. 바예호의 고향 산티아고 데 추코 인근의 마을.

녹색 오리나무가 만들어낸 아치 아래를,
오! 넝마 걸친 다부진 십자군,
잉카 노동자 아킬레스가
당당한 걸음을 옮긴다.

새벽녘에 야라비를
구성지게 불렀던 양치기 소녀,
오, 가엾은 비너스,
기품 있는 구릿빛
헐벗은 팔에
향긋하고 신선한 장작을 담는다.
개에 쫓긴 송아지 한 마리
가파른 언덕길로 달려간다.
송아지 목의 방울은
꽃피는 날에 베르길리우스에게 바치는
노래를 부른다.

초가집 앞에서

늙은 인디오 담배를 피운다.
농촌마을의 장밋빛 여명,
그 옛날의 제단에
담배연기 향이 오른다.

사연 많은 도자기의
멋진 내장에서
청동 연꽃의 신화적 향기,
끊어지는 숨의
파란 실이 하늘로 오른다.

시골

아련히 울리는 서글픈 저녁 종.
고통으로 얼룩진 시골 내음,
공기 중에 흩뿌린다.
적막한 뜰에선
지는 해가 이별을 고하며 피를 흘리고.
황금물결 가을 들녘은
가슴 에이는 회색빛 추위에 떤다.

세월의 발톱이
무수히 구멍 뚫은
대문 앞으로
조용히 나타난
거세된 누런 황소,
이내 외양간으로 향한다.
저녁 기도를 들으며,
선한 눈으로
기운찼던 시절을 그리는 황소!

고뇌에 차 소리지르며
서글픈 날갯짓으로
채전(菜田) 담을 오르는 착한 수탉,
사위어가는 오후에
눈물방울 같은 두 눈이 떨고 있다.

기타에 실린
구성진 야라비
마을에 아련히 퍼지고,
그 깊고 영원한 비탄의 가락에 담긴
인디오의 슬픈 목소리
공동묘지의 낡은 종처럼 동동댄다.[25]

어두움이 내 영혼에 밀려들면,
가녀리고 수줍게 흐느끼는 피리 소리
앙상한 나뭇가지 사이 바람에 실린다.
황금빛, 붉은빛이 교차하는 어둠 속에
가버린 사랑의 파란 비극이 울고,

담장에 팔 올리고

나는 깊은 한숨 한줄기 내뱉는다.

먼 그대

지금쯤 무얼 하고 있을까? 안데스 산촌의 다정한 나의 리타!
늘씬한 몸매에 까만 눈의 소녀.[26]
이 대도시[27]에서 나는 질식해 죽어가고, 피는 몸안에서
흐느적대는 코냑처럼 졸고 있는데…

하얀 오후를 꿈꾸며
기도하는 자세로 다림질하던 그 손은 어디 갔을까?
이 빗속에서 나는
살아갈 의욕조차 없는데.

어떻게 되었을까? 그녀의 플란넬 치마,
그녀의 꿈, 그녀의 걸음걸이는.
5월의 사탕수수 맛, 그녀.

문 앞에 서서 저녁 하늘을 바라보고 있겠지.
그러다가 오스스 떨면서 말할 거야. "어쩜… 이렇게 춥담."
들새 한 마리 지붕에 앉아서 울고 있겠지.

아가페

그 누구도 오늘 나에게 물으러 오지 않았습니다.
이 오후에 그 아무것도 내게 청하지 않았습니다.

찬란한 빛의 행렬 아래에서
단 한 송이 묘지의 꽃마저 보지 못했습니다.
주님! 너무도 조금밖에 죽지 못했음을 용서해주세요.

이 오후에, 모든 이들은
내게 묻지도, 청하지도 않은 채 지나갑니다.

저들이 잊은 것이 무언지 나는 모릅니다. 그러나
그것이 내 손에서는 남의 것처럼 이상합니다.

밖으로 나갔습니다.
모두에게 큰 소리로 말해주고 싶어서요.
여러분이 잊은 거, 여기 있어요!

이 인생의 오후에는 사람들이 왜 내게 문을

열어주지 않는지 나는 모릅니다.

그리고 내 영혼은 남의 것이 됩니다.

그 누구도 오늘 제게 오지 않았습니다.

오늘 오후에 나는 너무도 조금밖에 죽지 못했습니다.

거울 목소리

인생은 그렇게 지나간다, 이상한 환상처럼.
엉겅퀴를 비추며 자신의 존재를 부각하는 파란 장미!
죽음을 싸는 천이라는 독단 옆에 자리잡은
선(善)과 이성(理性)의 궤변!

인생은 손에 닿은 것을 어쩌다 잡은 것일지도 모른다.
향기가 날아간다. 그들 중에 이끼 냄새가 있다.
죽은 환영의 메마른 사과가 날아가는 도중에
그 속에서 자라난 이끼.

인생은 그렇게 지나간다,
거짓 사제녀의 배신의 노래와 함께.
놀라버린 나는 그저 간다, 앞으로… 앞으로.
내 죽음의 행렬을 타박하면서.

브라만교의 살아 있는 코끼리들이 걸어간다.
열에 들떠 내는 추잡한 벌 소리에
술잔을 치켜든 연인들의 바위 부조,

잃어버린 황혼에 입에 그린 십자가.[28]

인생은 그렇게 지나간다. 죽음의 행렬을
심연으로 던지는 스핑크스들의 거대한 교향악단.

하나에 천 원이요

'하나에 천 원이요'를 소리 높여 외치는 복권장수가
신의 무슨 기금을 가진 건지 나는 모른다.

입술 모두가 지나쳐버린다. 더 이상은 아니라는
불쾌함이 주름 하나에 형성된다.
복권장수가 먹을 수 없는 빵²⁹ 사이로
지나간다.
이름만 존재하는 신처럼
사랑할 수 없는 사람.

불쌍한 인간을 바라본다. 그가
우리에게 마음을 연다면 좋으련만.
그러나 그가 큰 소리로 외쳐대며
손에 들고 있는 저 행운이라는 것은
잔인한 새처럼,
그도 모르는 곳, 떠돌이 신이 원하는
그런 곳이 아닌 데에서 멎으리라.

태양 아래에서 머리 숙이고 다니는

이 미지근한 금요일에 나는 이렇게 말한다.

신의 뜻은

왜 복권장수 옷을 입었는지!

일용할 양식

— 알레한드로 감보아* 에게 바침

아침은 마시는 것.[30] 묘지의

젖은 흙은 사랑하는 이의 피 냄새.

겨울 도시… 마차는 날카롭게 길을

건넌다. 계속된 굶주림을

겪은 마음이 끌고 가듯.

문이란 문은 모두 두드려

모르는 사람일지라도 안부를 묻고 싶다. 그리고

소리 없이 울고 있는 가난한 이들을 돌아보고

모두에게 갓 구운 빵 조각을 주고 싶다.

한 줄기 강렬한 빛이

십자가에 박힌 못을 빼내어

거룩한 두 손이

부자들의 포도밭에서 먹을 것을 꺼내오면 좋으련만.

아침에는 제발 눈이 떠지지 말기를!

*   바예호의 트루히요 시절 친구로 비행기 조종사였다.

주님!

우리에게 일용할 양식을 주옵소서!

내 몸의 뼈 주인은 내가 아니다.

어쩌면, 훔친 건지도 모른다.

아니면 다른 이에게 할당된 것을

빼앗은 건지도 모른다.

내가 태어나지 않았더라면,

나 대신에 다른 가난한 이가 이 커피를 마시련만.

나는 못된 도둑… 어디로 가야 한단 말인가.

이 차가운 시간, 땅이

인간의 먼지로 변하는 서글픈 시간.

문이란 문은 모두 두드려

누구에게든 용서를 빌고 싶다.

그리고 여기 내 마음의 오븐에서 갓 구워낸

빵 조각을 건네주고 싶다.

절대적 존재

빛바랜 옷, 어둠 속의 7월,
이제 막 베어진 8월. 혐오스러운
송진 묻은 소나무에 잘못된 과실을[31]
이식한 젖은 손.

닻을 내리자마자 그대, 어두운 옷,
그 시절의 화려한 냄새를 뿌린다,
단번에… 나는 이제 막 시작된 슬픈
연회를 노래했다.

그러나 하느님! 죽음, 한계,
끝나는 것에 대해서는 어쩌지 못하십니까?
아, 빛바랜 옷에 난 상처가
어떻게 저렇게 벌어지고, 타버린 꿀 냄새가 나는 건지!

오, 거룩하신 한 분! 모든 것을
위한 하나이신 존재!
시공간을 초월한 사랑!

유일한 심장박동,

하나의 리듬. 하느님!

바꿀 수 없는 불쾌한 경계선이 경멸조로

어깨를 으쓱하자,

1의 순수한 완벽의 순간에

이리저리 유포된 뱀들.

주름 하나! 그림자 하나!

벌거벗은 진흙이 되어

허공으로 튀어오르는 끔찍한 두꺼비처럼
입술에 떠오르는 암울한 찡그린 모습.
성스러운 본질의 파란 사하라로,
낙타 한 마리, 잿빛 시가 걸어간다.

끔찍한 꿈의 찡그린 얼굴이 빛을 발한다.
눈[雪]의 목소리로 꽉 차 죽은 장님.
인간이기에 겪는 혹독한 날의 새벽,
유목민 시인, 일어나라.

시간은 흥분되어 흐르고, 각이 진 곳에서는
수세기 희망의 황금빛이 유산한다.
누가 줄을 저렇게 끌어당기는가,
누가 우리들의 신경, 이미 닳아버린 줄들을
불쌍히 여기지도 않고 무덤으로 내리는가.

사랑이여, 그대도 마찬가지다. 그대의
가면에 검은 돌들이 배태되어 기면을 부순다.

무덤은 아직도

사내를 유혹하는 여인의 성기.

패전

어젯밤, 석류빛 4월은 몸을 열었다,
젊음의 5월, 성숙하지 못한 나의 5월.
입맞춤에서 내 죽음을 안 여인의 상아들은 신경질을 냈고
나는 사랑의 입김으로 그 상아들을 내 속에 가두었다.

하늘거리는 야릇한 이삭. 그녀의 눈은 황금빛 오후에
나를 공격했고, 나는 그녀의 노래에 노래로 화답했다.
그리고 어젯밤, 술잔을 기울이는 동안,
목이 탄 그녀의 젖가슴은 두 개의 혀가 되어 속삭였다.

가무잡잡한 가엾은 여인. 그녀의 가엾은 무기,
죽은 바다의 찝찔한 거품 속에서 하늘을 향했던
가여운 그녀의 크림빛 돛. 정복하고 정복당한.

그러고는 홍조 띤 얼굴로 수심에 차 생각에 잠겼던 그녀.
나는 새벽녘에 떠났다. 그날 밤의 전투 이후, 밤만 되면
두 마리의 뱀이 노예가 되어 내 삶 속으로 들어온다.

금지된 사랑

그대의 입술과 눈이 빛을 내며 고조된다.
상처받은 개가 몸을 피할 포근한 길목을 찾듯
나는 그대의 핏줄을 따라 올라간다,

사랑! 그대는 이 세상에선 하나의 죄악.
성스러운 강령인 나의 입맞춤은
불꽃처럼 번득이는 도깨비 뿔.

내 영혼은 단시선 원,
신성모독 안에서만 움직인다.
머리를 움직이는 마음!
그대의 흙을 향해, 내 슬픈 진흙덩이를 밟고 지나간다.
그대의 영혼이 깃든 성배 속에는
플라톤적 실타래가 있다.

어떤 고해자의 사악한 침묵?
그대는 그 소리를 듣기나 하나? 순진한 꽃!
주기도문이 없는 곳에는

사랑도 죄 많은 그리스도라는 걸 알기나 하는가!

불행한 만찬

언제까지 금지된 것을 기다려야 한단 말인가.
가엾은 무릎을 펼 우리의 안식처는
어디란 말인가. 우리를 지탱하는 십자기둥은
언제나 노 젓는 것을 멈춘단 말인가.

이제껏 겪어온 고통에게 언제까지
의문 부호를 찍어야 하는 건지…
                    우리는 너무도 많이
식탁에 앉아 쓰라림을 삼켰다. 배가 고파
한밤중에 잠 못 이루고 우는 어린애처럼…

영원한 아침나절, 우리 모두 아침을 거르지 않고
서로를 마주볼 수 있게 되는 건 언제쯤일까.
이 눈물의 계곡으로 데려와달라고 한 적이 없는데,
언제까지 여기 있어야 하는 건가.
                    팔꿈치를 괴고
눈물에 젖어, 머리 숙인 패자가 되어 하염없이
묻는다. 이 만찬은 언제야 끝나려는가?

술 취한 사람 하나가, 우리를 비웃더니, 다가왔다가

멀어진다. 쓰디쓴 인간의 본성이 만든

무덤을 왔다 가는 검은 숟가락처럼…

　　　　　　　그 시커먼 존재는

이 만찬이 언제 끝날지 더더욱 모른다.

영원한 부부침대

존재하는 것을 멈출 때에만 사랑은 강하다!
무덤은 거대한 눈동자,
그 바닥에서는 사랑의 고통이
살아남아 운다. 달콤한 영원과
어두컴컴한 여명의 성배에서처럼.

꽉 찬 그 무엇이 넘치고 죽어가듯,
입술들은 입맞춤을 위해 동그랗게 모아지고.
분노의 접합인 양
각자의 입은 고통스러운 삶의 생명을
다른 입을 위해 포기한다.

그렇게 생각하면, 무덤은 달콤하다.
모두들 결국 똑같은 투쟁 속으로
함께 들어가는 법.
어둠도 달콤하다. 그 안에서는 모두가
사랑의 범세계적 약속 안에서 합쳐지는 법.

영원한 주사위

—나에게 열정적인 박수를 아끼지 않으셨던
위대한 마누엘 곤살레스 프라다* 선생께

오, 주님! 제가 살아 있으므로 울고 있습니다.

당신의 양식을 먹었다는 사실이 이렇게 괴롭습니다.

그러나 이 불쌍한, 생각하는 진흙은

당신의 옆구리에 있는 상처가 아닙니다.

당신은 당신을 떠날 마리아[32]도 없지 않습니까!

오, 주님! 당신께서 인간이셨더라면,

오늘은 하느님이 되실 줄 아셨을 겁니다.

당신의 피조물은 고통받고 있습니다.

항상 안온했던 당신은, 그러나, 인간의

고통에 대해 관심조차 없습니다. 당신은 멀리 계십니다.

오늘 저의 핏발 선 눈에는 저주받은 인간처럼

불꽃이 번득입니다.

---

*   Manuel González Prada(1844~1918). 페루 사실주의의 대가이며 사상가.
바예호는 당대의 대 문호였던 곤살레스 프라다를 인터뷰해서 트루히
요 신문에 실었다.

주님, 당신의 촛불을 모두 켜시고

닳고 닳은 주사위를 가지고 함께 게임을 해봅시다.

어쩌면 전 우주를 걸고

게임을 하다 보면

죽음의 신의 두 눈이 모습을 드러낼지 모릅니다.

진흙으로 만든 어두운 두 장의 에이스처럼.

오, 주님! 이 캄캄한 밤, 무언의 밤,

더 이상 게임을 못 하실 겁니다.

험한 일에 몸을 굴려 닳아지고

둥글어진 진흙은

구멍, 그것도 무덤 같은 거대한 구멍이 아니면

구르는 것을 멈출 수도 없게 되었답니다.

지친 반지

돌아가고픈, 사랑하고픈, 존재하고픈 욕망,
나누어질 수 없는 두 줄기 물의 싸움에 시달려
죽고픈 욕망이 있다.

삶을 덮어줄 거대한 입맞춤이 그립다.
들끓는 고통의 아프리카에서 끝날 삶.
목숨을 끊어라.

주여! 욕망을 갖고 싶지 않은… 그런 욕망이 있습니다.
신성을 모독하는 손가락으로 당신을 가리킵니다.
마음이 없었더라면 하는 바람도 있습니다.

봄은 돌아, 돌아오고, 다시 떠나리라. 그리고 신(神)은
세월의 무게로 허리가 휘어져 우주의 등뼈를 지고
그렇게 자꾸자꾸 흘러만 가리라.

관자놀이에서 암울한 북이 울릴 때,
비수에 새겨진 꿈이 아플 때,

이 시에 그냥 머무르고픈 욕망이 있다!

비

리마에… 리마에 정말 정말
죽을 것 같은 고통의
더러운 비가 내린다. 너의 사랑의
비가 방울져 내린다.

자고 있는 척하지 말렴.
네 떠돌이 시인을 기억하렴.
난 네 사랑이 인간적 방정식이라는 걸
벌써 이해하고 있어. 암, 이해하고말고.

신비스러운 피리 안, 천둥이 요동친다,
밤색 보석의 폭풍,
그리고 너의 '응'이라는 마법이.

그러나 내 길에 있는 관,
너를 위해 내 뼈를 묻을 관에
비가, 비가 내린다.

마부

유리 같은 땀방울 흘리며 마부는 기막히게 잘도 간다.
일생 내내 매일매일 천개나 되는
골칫거리만 주는 메노쿠초 농장.*
12시. 정오.
너무도 고통스러운 태양.

페루의 연인인 코카잎을 씹으면서
붉은 폰초**를 입고 멀어지는 마부,
나는 해먹에 누워
한 세기나 된 의심을 품고,
너의 지평선을 곰곰이 생각하고 지켜본다.
아픈 새[33]의 단조롭고 짜증나는 노랫소리
그리고 모기.

* 메노쿠초(Menocucho) 농장은 트루히요에서 안데스 산악으로 약 26km
  거리에 있다. 시인은 방학을 이용해서 고향에 가면서 말발굽을 가느
  라고 이 농장에서 며칠 묵었다.
** poncho. 중남미 전통 의상.

마부, 너는 충직한 나귀를 몰고
결국 가야 할 곳에 도착하리니,
그저 갈 뿐,
그저 갈 뿐.

넌 좋겠다. 모든 열망이나 모든 이유가
미쳐 날뛰는 이 더위,
코카잎도 씹지 않는 영혼은
가까스로 몸을 움직이고,
영원의 세계인 안데스 서쪽을 향해
나귀에 고삐조차 매지 못했는데.

먼 걸음

아버지는 주무신다. 아버지의 단아한 얼굴은
평온한 마음을 드러낸다.
그 모습이 너무도 다정해서…
아버지 마음에 걸리는 게 있다면, 그건 나일 게다.

집 안에는 정적이 흐른다. 기도를 드리신다.
오늘은 자식들 소식이 없다.
아버지는 일어나, 이집트로 떠나는 피난을 생각하시고
안절부절못하신다. 피가 멎는 이별.
지금, 그리도 가까이 계시건만…
아버지께 멀리 있는 사람이 있다면, 그건 나일 게다.

어머니는 텃밭에서 왔다갔다 하신다.
이미 맛이 간 맛을 보아가면서.
어머니는 지금 너무도 부드럽고
날개, 큰 날개처럼 가볍고, 사랑스러우시다.

조용한 집 안에는 외로움이 흐른다.

소식도 없고, 푸르름도 없고, 어린애도 없다.

이 오후에 깨어진 것이 있다면,
아래로 내려와 삐걱대는 것이 있다면,
그건 휘어진 하얀 두 개의 옛 길.³⁴
내 마음은 그 길로 발을 달린다.

나의 형 미겔에게[35]
—그의 죽음에 부쳐

형! 오늘 난 툇마루에 앉아 있어.

형이 여기 없으니까 너무 그리워.

이맘때면 장난을 쳤던 게 생각나. 엄마는

우리를 쓰다듬으며 말씀하셨지. "아이구, 얘들아…"

저녁 기도 전이면

늘 술래잡기를 했듯

지금은 내가 숨을 차례야. 형이 나를 찾지 못해야 하는데.

마루, 현관, 통로.

그다음에는 형이 숨고, 나는 형을 찾지 못해야 해.

그 술래잡기에서 우리가

울었던 게 생각이 나.

형! 8월 어느 날 밤,

형은 새벽녘에 숨었어.

그런데 웃으며 숨는 대신 시무룩했었지.

가버린 시절 그 오후의 형의 쌍둥이는

지금 형을 못 찾아 시무룩해졌어…

벌써 어둠이 영혼에 내리는걸.

형! 너무 늦게까지 숨어 있으면 안 돼.
알았지? 엄마가 걱정하실 수 있잖아.

1월의 노래[36]

아버지는

새가 지저귀는 아침나절

당신의 78세를, 78송이의 겨울 꽃을

햇볕에 겨우 내놓으셨다.

즐거운 신년을 맞는

산티아고 공동묘지가 저기 보인다.

조촐한 장례식에 다녀오려고 아버지의 발은

얼마나 자주 저 묘지를 향하셨던가!

오늘 아버지는 꽤 오랜만에 밖에 나오신다.

장난치던 애들이 도망을 친다.

다른 때 같았으면 어머니께 이야기를 건네셨으리라.

도회지 갔다 온 이야기며, 정치 이야기며,

그런데 오늘은, 면사무소 다니시던 시절

더 멋진 소리를 냈을 지팡이에 몸을 기대고 계신다.

아버지는 달라지셨다, 약해지셨다.

이제 아버지는 그믐이시다.

옛날 물건을, 추억을, 충고를,

이것저것 꺼내서 가져오신다.

고즈넉한 아침이 카리타스 수녀의

하얀 너울을 쓰고* 아버지와 함께 거닌다.

오늘은 영원한 날, 순수한 날, 아기의 날,

합창의 날, 기도의 날,

비둘기의 시간이 왕관을 쓴다.

미래는 영원한

장미 행렬로 꽉 차 있다.

아버지는 아직도 세상을 깨우신다.

노래하는 1월이다. 영원 속에서

낭랑히 울리는 당신의 사랑이다.

아버지는 아직도 자식들을 어리게 보고 웃으신다.

승리감에 찬 소리는 허공을 향하리라.

*   카리타스(Caritas) 수녀회의 여름모자의 양 옆에는 하얀 천이 하늘을
    향해 동그랗게 말아올라간 장식이 있다.

신년이다. 만두가 있겠지.

철없던 시절부터

알고 지냈던

마음씨 좋고 노래 잘하는 장님이

성스러운 종루에서 미사를 알리면,

나는 시장기를 느끼겠지.

영원을 기원하며 영원의 삶을 향하는

시간의 가슴속

사랑의 두 걸음, 두 번의 포기.

은총이 충만한 아침이 노래하면,

카리타스 수녀의 하얀 날개 옆

당신 존재의 분신들에게

많은 말들을 쏟아내고 노래하실,

아, 나의 아버지!

같은 이야기[37]

나는 신이
아픈 날 태어났습니다.

내가 살아 있고, 내가 고생한다는 걸
모두들 압니다. 그렇지만
그 시작이나 끝은 모르지요.
어쨌든 나는 신이
아픈 날 태어났습니다.

나의 형이상학적 공기 속에는
빈 공간이 있습니다.
아무도 이 공기를 마셔서는 안 됩니다.
불꽃으로 말했던[38]
침묵이 갇힌 곳.

나는 신이
아픈 날 태어났습니다.

형제여, 들어보세요, 잘 들어봐요.
좋습니다. 1월을 두고
12월만 가져가면 안 됩니다.
나는 신이
아픈 날 태어났다니까요.

모두들 압니다. 내가 살아 있음을,
내가 먹고 있음을… 그러나
캄캄한 관에서 나오는 무미한
나의 시 속에서
사막의 불가사의인 스핑크스를 휘감는
해묵은 바람이 왜 우는지는
아무도 모릅니다.

모두들 아는데… 그러나 빛이
폐병환자라는 건 모릅니다.
어둠이 통통하다는 것도…
신비의 세계가 그들의 종착점이라는 것도…

그 신비의 세계가, 저 멀리서도,

정오가 죽음의 경계선을 지나가는 걸 구성진 노래로

알려주는 곱사등이라는 것도 모릅니다.

나는 신이

아픈 날 태어났습니다.

아주 아픈 날.

트릴세

Trilce

I[1]

누가 저렇게 시끄럽게 떠들고 뒤에 남는
섬들에 대해 이야기도 못하게 하는 건지.

좀 더 봐줄 것이지.
이른 초저녁[2]에는 과노*를
좀 더 잘 순화시키련만.
바다 새 알카트라즈가
섬 가운데로 무심코 갖다주는
제각각 뭉쳐진 유리질,
소중한, 그러나 소박한
　　　악취의[3] 과노.

좀 더 봐줄 것이지,
소금기 있는 퇴비, 오후 6시
　　가장 위대한 내림표.[4]

---

*　　guano. 퇴비로 사용되는 새의 배설물. 여기서는 사람의 배설물을 의미
　　할 수 있다.

반도는 등뒤에 있다.

죽느냐 사느냐의 균형 잡는 선에서

입마개가 걸쳐진 채 미동도 하지 않는 반도.

II[5]

시간 시간.

서늘한[6] 빛 사이에 멎어버린 정오.
지쳐버린 수용소 펌프는 줄인다
시간 시간 시간 시간.

그랬지 그랬지.

수탉은 헛되이 땅 파가며 노래한다.
아침을 알리는 입은 열심히 외친다
그랬지 그랬지 그랬지 그랬지.

내일 내일.

아직도 식지 않은 휴식
현재를 생각하라. 내일을 위해 남겨둬라
내일 내일 내일 내일.

이름 이름.

이렇게 많이 우리한테 상처 주는 것의 이름은?
그건 이름들이 겪는 이하동문이지
이름 이름 이름 이히름.[7]

.

III

어른들은

언제나 오려나?

눈먼 산티아고*는 여섯시를 치는데,

벌써 이렇게 어두워졌는데.

어머니는 오래 걸리지 않는다고 하셨지.

아게디타, 나티바, 미겔,**

거기로 가면 안 돼. 조금 전에

조용한 닭장 쪽으로

괴로운 연옥의 영혼들이

속죄를 구하며 지나갔어.

닭들이 이제 막 잠들려는 참이었는데,

놀라서들 난리가 난 거 봐.

그냥 여기 있는 게 낫겠어.

*   시인의 고향 마을 성당의 종을 치던 장님.

**   바예호의 바로 위 누나늘과 형.

어머니가 오래 걸리지 않는다고 하셨거든.

걱정하지 말자꾸나. 그냥 배나 보면서
놀자. 내 배가 제일 예쁘다!
배를 가지고 하루 종일 놀았는데,
다투지도 않았어. 그럼 그랬어야지.
우물 안에 둔 배들은 다음날
또 다시 재미있게 놀 꿈[8]을 꾸곤 했지.

여기 그냥 있자. 말 잘 듣는 애들처럼.
다른 도리가 없어. 어른들은 항상
어린 우리들을 집에 두고
우리보다 먼저 앞서 나가거든. 우리가
떠날 줄도 모르는 사람인 양. 그리고 미안하니까
　　　　　　돌아오는 걸로 갚는 거야.

아게디타? 나티바? 미젤?
이름을 부르며 어둠 속에서 더듬대며 찾는다.

나 이렇게 혼자 내버려두면 안 돼,

나만 혼자 가둬두면 안 돼.

V[9]

쌍떡잎식물군. 그 무리로부터 삼위일체적 경향을 보이는
바닷새들. 시작된 종말,
아이!에서 나오는 오![10]의 서곡을 울린다.
이질성의 가치가 느껴지는 듯.[11]
떡잎이 두 개인 존재들!

어디보자. 더 이상은 불가능한 상황.
어디보자. 밖으로 퍼지지 않게 하기.
들리지 않게 할 방법 생각하기,
도금시켜서 보이지 않게 하기.
거대한 추락을 향해 미끄러지지 않기.

가성(假聲)이 반항을 한다, 이제는
그물도 사랑도 되기 싫단다.
연인들은 영원히 연인이기를.
1을 주지 마라, 허공에서 메아리칠 터이니.
0을 줘도 안 된다, 1을 깨워서
서게 할 때까지는 굳게 침묵할 터이니.

아, 심장이 두 개인 무리.

VI

아침[12]에 입었던 옷은
오틸리아 아줌마가 빨지 않았다.
아줌마는 온 마음과
정성을 다해서 빨았는데, 오늘은
좀 더러운 옷을 맡기지 않았는지
스스로에게 물을 필요조차 없다.

오늘은 물 길러 가는 사람도 없다.
종이더미 사이에서
도망치는 물건처럼 둘둘 말려진 옷. 그런데,
어찌된 일일까? 침대 머리맡에 있는
모든 물건은 내 곁에 있는데도
내 것이 아니다.
                이것들은 그녀의 것이 되어버렸다.
친절한 구릿빛 여인의 때가 묻었고 그녀의 도장이 찍혔다.

내 영혼의 세탁부가 돌아올지 알 수 있다면.
어느 아침에 세탁한 옷을 건네주러 올지

알 수 있다면. 검은 눈동자의 그녀. 자기가
안다는 걸, 할 수 있다는 걸 실감한 다음,
행복한 얼굴로 신이 나서 달려올 아침이
언제가 될는지.

그럼, 그걸 왜 못해!

모든 혼돈을 파랗게 만들어 다림질하는 것뿐인데.

VII

눈 감고도 다닐 수 있는 줄 쳐진 거리로
돌아다녔다. 여느 때처럼, 정말, 모두
다 그대로다. 그래서 거리 구석구석까지
헤집고 돌아다녔다.

길을 꺾었다. 그 길을 제대로 지나온
적이 거의 없는데, 활기찬 그 모퉁이가
심각한 상처를 입는 바람에 이번에는
드디어 개선장군이 되었다.

위대하다.
저 함성, 그 대척점의 명료성.
자신의 작업에 이골 난 연장의
                   됐다!

거리의 문들이 거뭇거뭇해질 때,
텅 빈 제대에서 조종의 축포[13]를
내일로 연기한다고 큰 소리로 외치면,

개미 같은 분침들은

달콤한 졸음에 겨워 겨우겨우 기어오는데,

터지는 폭죽[14]들은

반신불수다. 1921에 대하여 차렷!

VIII

내일은 또 다른[15] 날, 그 언젠가는
넘치는[16] 힘을 위해서라도
영원한 입구를 찾아내야지.

내일은 또 그 어떤 날,
심낭(心囊) 한 쌍으로 만든 자물쇠가
채워진 가게가 될 수 있다.
질투심으로 서로 잡아먹는 한 쌍.

그 모든 것이 잘 준비될 수 있다.
그러나 내일 없는 내일은,
짝이 없어 홀로 남은 결혼반지.
거울의 가장자리,
그곳을 나 자신이 전진하여 넘어가리라,
메아리도 사라지고
앞쪽이 등뒤에 있게 될 때까지.

IX

갑자기 다시 가격하고 시이이퍼진다.[17]

넓은 두 장의 잎은

정말 정말 맛난 음식을

맛보이려고 입을 연다.

그 안에는 즐기기 위한 최상 조건,

모두 이따 증말.[18]

갑자기 다시 가격하고 시이버진다.

애무하면서, 서른두 개의 전선이 병렬로 늘어진[19]

험준한 볼리바르*로를 파들어간다.[20]

두 권의 역작인 지고(至高)의 입술,

체모와 체모는 단단히 엉키고,

그때 나는 비실존을 사는 것도

　　　　　　촉각으로 사는 것도 아니다.

---

*　시몬 볼리바르(Simón Bolívar, 1783~1830). 베네수엘라 태생의 장군. 험준한 안데스 산맥을 넘어다니며 스페인의 식민지였던 베네수엘라, 콜롬비아, 에콰도르, 페루, 볼리비아를 독립시켰다.

갑자기 다시 가격하는 데 실패헌다.
저만 좋아 황소처럼 질질 흘리는 침[21]에
안장은 절대 얹지 말자. 침대보에서
죽어가는 놀이,
이 여자가 정말
　　　　장군처럼 무겁네!

존재하지 않는 그녀.
그녀는 내 영혼.

X

행운을 감지한 순수한, 그리고 마지막 돌이 이제 막 죽었다,
영혼 포함해서 완전히.
시월의 방 그리고 임신한 방.
석 달의 부재, 달콤한 열 달.
뾰족한 두건을 쓴 운명이라는 양반이
얼마나 웃던지.

어떻게 서로 반대되는 쌍들이 함께
고통을 받는 건지. 어떻게 모든 변화의 선 아래로
늘 숫자가 등장하는 건지.

어떻게 고래들이 비둘기에게 물을 뿌려대는지.
어떻게 이 비둘기들이 세 번째 날개에
세제곱 형태의 주둥이를 박는 건지.
어떻게 우리는 늘 같은 엉덩이에 안장을 앉히는 건지.[22]

열 달이나 성교를 하고, 열 뭉치를 향하고,
그 이상을 향한다.

적어도 두 달은 기저귀 찬 상태.

석 달의 부재.

아홉 달의 임신.

폭력 하나 없다.

환자는 몸을 추스르고 앉아

얌전한 혼합체에 기름칠을 한다.

XI

거리에서 여자애 하나를 만났습니다.

저를 껴안더군요.

이름은 모(某) 씨라 합시다. 그녀를 만났거나 만날 사람들은

그녀를 기억하지 못할 테니까요.

그 아이는 제 사촌[23]입니다. 오늘 그녀를 어루만졌을 때

제 두 손은 그녀의 나이 안으로 들어갔습니다.

훼손된 무덤.

헤어질 때 그녀는 똑같은 절망을 안고 갔습니다.

안개 낀 태양의 삼각주,

둘 사이 오가는 불평 소리.

"나 시집갔어."

내게 말했습니다. 돌아가신 고모네 집에서

어려서 하던 놀이였습니다.

시집갔대요.

시집갔대요.

가로지르는 세월,

우리는 황소놀이, 멍에놀이가 정말

얼마나 하고 싶었는지 모릅니다.

그러나 그 모든 것은 속이는 놀이, 천진한 놀이였지요.

XIII

너의 성(性)을 생각한다.

하루가 익어가며 자식을 옆구리로 낳는 지금

담담한 마음으로 너의 성을 생각한다.

행운의 봉오리[24]를 더듬어본다. 이제 무르익었다.

불순했던 그 시절의 감정이 뇌리에서

사라진다.

너의 성을 생각한다. 죽음이 잉태하고

탄생시킨 존재가 바로 신이라 해도,

어두운 세계의 배보다 더 풍요롭고

조화로운 고랑.

양심이여!

나는 할 수 있는 곳에서 원하는 곳에서

마음대로 즐기는 자유로운 야생동물을 생각한다.

황혼녘의 달콤한 난동!

소리 없는 포효!

효포는없리소!

XV

그렇게도 많은 밤을 함께 잠들었던
구석. 추억을 되새기려 그곳에
앉아본다. 치워진 죽은 연인들의
둥지. 그 둥지는 어찌 되었을까?

너는 아까 다른 일 때문에 여기 왔었지.
그리고 지금은 가버렸구나. 이 구석에서
어느 날 밤, 네 곁에서,
너의 부드러운 품안에서
도데*의 콩트를 읽었지. 사랑이
있던 곳이야. 잊지 마.

지난 여름날들을 생각한다.
이 방, 저 방을 드나들며,
지쳐 있던 조그마하고 창백했던 너.

*　　프랑스 소설가 알퐁스 도데.

비 내리는 이 밤,

우리는 너무도 멀어져 있다. 갑자기 펄쩍…

문 두 짝이 열렸다 닫히는 소리.

바람 때문에 왔다 가는 문 두 짝.

그림자   대   그림자.

XVII

단 한 번에 증류하는 2.
우리 둘은 서로 서둘렀다.
아무도 내 말을 못 들었다.
타오르는 민초의 아브라카다브라.

산란하는 것이 처음의 돌인지
마지막 돌인지 용을 써도
모르는 아침. 벗은 아침.
진흙 덩어리는 회색 물질들 사이에
대충 반쯤 놓여 있다.

얼굴은 얼굴에 대해 모른다. 만남을
위한 행진도 모른다.
동전의 뒷면은 아무 쪽으로나[25] 고갯짓하고
열망의 창끝은 방황한다.

6월은 우리의 것. 6월, 나는 너의 어깨에 기대서서
폭소를 터뜨린다. 나의 잣대와

주머니[26]를 너의 21번째

세월의 손톱 안에서 말리면서.

좋아! 좋아!

XVIII

오! 감옥의 네 벽!
희디흰 네 벽
도리 없이 똑같은 숫자!

신경이 곤두서 자라는 곳, 네 구석의
터진 균열 사이로 어떻게 매일같이
사지를 당겨 집어넣는 건지.

수많은 열쇠의 다정한 주인이신
당신이 여기 계실 수 있다면, 벽이
언제나 네 개로 있는 것을 보신다면.
당신과 함께라면 이 벽들과 싸우는 사람은
두 사람. 굳게 뭉친 두 사람. 울지 않으실
거죠? 해방의 어머니!

아! 감옥의 벽.
좀 더 긴 두 벽이
이 밤에 내 마음을 아프게 합니다.

냄새나는 비탈길로 어린 사내아이의
손을 잡고 가는 돌아가신 어머니를
닮은 그 모습이.

나만 여기 남아 있는 것 같습니다.
두 손으로 잡는 것에 익숙해진 오른손은 허공에서
세 번째 팔을 찾고 있습니다. 나의 공간과
시간 사이에서, 온몸이 거의 불구인
한 인간을 응시하고 있을 그 팔을.

XX

멋진 돌 위로 찰랑대는 강철빛 크림,

닿지 않으려고, 넘어지지 않으려고

1을 1에 가까스로 모은다.[27]

콧수염 기른 남자. 태양,

유일한, 완벽한, 강철 같은, 그러나 쓸모없는 그의 바퀴,

거기서부터 위로.

바지에 붙은 단추 소리.

　　　　　　자유로운 소리.

A 형체[28]에서 아래로 뻗친 것을 야단치는 소리.

준법의 하수구. 기분 좋은 고추.

그러나 괴롭다. 저기서도 괴롭다. 여기서도 괴롭다.

빌헬름 2세* 같은 남자가 낑낑대며

세 살배기 딸의 구두를

*　　팔자 콧수염으로 유명했던 독일 황제.

닦아주면서 행복의 땀을

비 오듯 흘린다.

그걸 보는 나도 침을

흘린다. 나는 멋진 인간.

콧수염이 몸을 젖히고, 수염 한쪽을 문지른다.

여자애는 이제 막 복잡 복잡 복잡한

글자 읽기를 시작하는 혀에

집게손가락을 가져간다.

그러고는 침에 살짝 흙을 묻혀

한쪽 구두에 바른다.

      그런데 조금만이다.

    조금

     만.

XXIII

어린 시절, 셀 수도 없을 만큼 많이, 달걀노른자로만
과자를 구워주시던 따스한 제과기, 어머니!

오! 어머니! 기가 질리게 울고 울었던
당신의 거지들! 네 마리 새끼들!
두 어린 누나들, 죽은 미겔 형,
그리고 저, 저는 겨우
가갸거겨를 그릴 어린 나이였습니다.

어머니! 당신은 저 윗방에서 그리도
오랜 세월 우리에게 아침저녁 두 번씩
그 맛있는 만나를 주셨습니다. 그래
지금은 시계 껍질이 남아도는지
24시를 가리키며
바로 서 있습니다.

어머니, 그런데, 그때 그 만나는 지금 어느
잇몸에, 어느 머리카락에 남아 있는 걸까요?

목에 걸린 과자 부스러기를 차마 넘길 수
없군요. 오늘, 당신의 뼈까지도
가루가 되어 어떻게
반죽할지조차 모르는데 말입니다.
커버린 어금니에도 그늘진 그림자에도
달콤한 사랑을 만들어주시던 어머니!
젖을 빠는 갓난아기의 잇몸,
젖무덤을 움켜쥔 손.
어머니! 당신은 그런 걸 참 많이도 봐오셨지요.

세상은 당신의 침묵 속에서 들을 것입니다.
당신이 우리를 두고 간 이 지상의 셋돈을,
끝없는 그 빵값을
어떻게 우리에게서 받아내는지를.
어머니도 아시겠지만, 어머니가 우리에게
그걸 주셨을 때, 우리는 아무에게서도
뭘 빼앗을 수 없는 어린 나이였습니다.
그런데도 그 값을 받아낸답니다.

그렇죠, 어머니?

XXV

접합부, 내밀한 곳, 이마,
분자의 표면[29]에 붙어 있으려고
발을 치켜드는 비솝들.
비솝들과 무성한 난쟁이 풀.[30]

돛단배에 걸린 해진 바람막이 천은
아메리카에 닿기도 전에 신음하고,
습관이 안 돼 두근대는 맥박,
불행한 허공에서 저어대던 노는
손목 뒤에서 소리치며 항복한다.
찢어지고 호소하는
날카로운 고음. 이윽고, 한없는
연민의 고드름을 향한
긴 콧소리.[31]

구슬픈 가슴걸이,
일곱 색깔 위대한 깃발을
섬에서 섬으로[32] 나르며

헉헉대는 영하의 당당한

고깃덩어리.

들판에서 행해지는 불쌍한 믿음의

청소 작업.

윤무의 시간. 미래의 청사진을 위한

로데오의 시간.

그때, 영혼 없는 주정뱅이[33]는

실패한 무언의[34] 십자군 전쟁만 주절댄다.

그제야 사라질 곳, 문 아닌 문에

머물러 보려고 줄달음질치는 비눗.

XXVIII

오늘 혼자서 점심을 먹었습니다. 어머니도,
'좀 먹어봐'도, '들어라'도, 물도 없었습니다.
옥수수를 차린 성찬의 의식에서,
'소리 크게 내는 너희 어머니는 왜 안 보이느냐'고 묻는
아버지도 없었습니다.

어찌 점심을 들 수 있었겠습니까? 가정은 깨어지고,
어머니라는 단어가 입술에 떠오르지 않는데,
그렇게도 멀리만 느껴지는 음식을,
그 시시한 음식을
어떻게 먹을 수 있었겠습니까?

친한 친구의 집에서 점심을 먹었습니다.
이제 막, 밖의 세상에서 돌아온 친구의 아버지,
쨍그랑대는 잿빛 식기들,
친구의 호호백발 이모들이 말할 때,
빠진 이 사이사이로 바람 새는 소리가 났습니다.
수저가 내는 소리는 즐겁기 짝이 없었습니다.

자기 집이었거든요. 참으로 보기 좋았습니다.

그런데 식탁의 칼들이

내 입 안에서 얼마나 아프던지요.

이런 식탁의 성찬은 자신의 사랑보다는

남의 사랑을 보여줍니다.

어머니가 권하지 않는 음식은 흙이 됩니다.

어머니!

그런 음식은 삼키기도 어렵게 딱딱해지고, 사탕은

쓸개, 커피는 장례식 향유가 됩니다.

가정이 파탄에 이르고

어머니의 '들어라'가 무덤에서 나오지

않을 때,

어두운 부엌, 불행한 사랑.

XXX

나른해진 온몸,

타오르는 욕망의 순간적 불꽃,

방황하는[35] 고추의 매운 맛,

부도덕한 오후 2시.[36]

끝과 끝이 만나는 경계선의 장갑.

왜인지 모르지만 어쨌든 그렇게 만들어진 것에

성(性)의 안테나를

접목할 때, 확실히 감지되는 향기로운 진실.

최상의 목욕이 내는 거품.

여행하는 가마솥은

부딪치면서, 하나가 된 신선한 그림자를 만들고,

색깔, 분해, 끈질긴 생명을 뿌린다.

　　　　　영원한 끈질긴 생명.

두려워 말자. 죽음도 그러하리라.

단 한 순간을 위해 그토록 오래 물건을

신고 있었느냐고 가볍게 투정하는

그녀의 발랄한[37] 성기.

우리의

가난한 낮과 거대한 밤 사이에 있는 권역.

부도덕한 오후 2시.

XXXIII

오늘밤 비가 온다면 나는 여기서
한 천년 뒤로 가겠다.
아니 그냥 백년만.
그리고 아무 일도 없었던 것처럼,
그냥 내가 돌아오는 걸로 생각하겠다.

어머니도, 사랑하는 연인도, 저 밑에서
기다리느라고 머리 숙이는 투쟁도 없이,
그냥 순전히 내 힘으로,
오늘밤은 나의 베다(Veda)의 실을 그냥
잣겠다.
내게 마지막으로 남은 종말의 베다 양모,
악마의 실을 잣겠다,
같은 종 안에 있으면서도
시간이 맞지 않는 두 추의
                코 밑에서.

내가 살아온 날들을 세어보든

아직 태어나지 않은 날까지 세어보든
나는 그 셈법에서 자유로워지지 않으리라.

아직 오지 않은 것이 아니라
이미 왔는데 가버린 것이리라.
이미 왔는데 가버린 것.

XXXIV

낯선 존재는 끝났다. 밤이
깊도록 너와 도란대던 밖의 존재.
좋든 나쁘든, 나만의 자리를
만들어줄 사람이 이제는 없다.

끓어오르던 오후도 끝났다.
너의 멋진 만(灣)과 너의 외침,
오후가 듬뿍 담긴 차를 내오시던
늙으신 네 어머니와의 담소도 없다.

결국 모든 것이 끝이 났다. 방학도,
너의 다소곳한 가슴도, 나에게
가지 말라고 부탁하던 네 모습도.

다정한 말[38]도 끝이 났다. 끝없는 고통 속
나의 성년, 그리고 이유 없이 태어난
우리의 운명을 위해 존재했던 그 말.

XXXV

연인과의 만남은

너무도 많아서, 어떤 때는 아무것도 아닌 것 같다.

그것은 보랏빛 경마지처럼

너무도 길어서 접히지가 않는다.

오늘 그녀와의 점심은

어제 맛있게 먹고 남은 음식에

양념을 약간

더 쳐서 내어놓는 것.

오월의 암술처럼 환하게 빛나는 포크는

부지런히 움직인다. 별것 아닌 것[39]에도

살짝 부끄러워하는 그녀.

흥취나는 맥주, 빈약한 두 젖꼭지가

많이 마시면 안 된다며

지켜보는 바람에 신경이 곤두선 맥주.

식탁에서의 다른 맛있는 것들은

혼기의 여인이 만들어낸 수예품.

맛깔스러운 손맛의 주인이
열 개의 마술적 막대기로
임신할 때 들이는 모든 힘을 다해
아침 내내 작업했음을
그녀의 구석구석을 잘 아는 사랑의 공증인인
내가 보증한다.

먼 훗날 일은 생각조차 하지 않고
노닥이는 여자. 그리고
이제 갓 따온 상추처럼
부드러운 어조로 우리에게 재잘대는 여자.

한잔 더 마시고 나가야지. 이제 진짜 우리
일하러 나간다.

나갈 채비하는 동안, 그녀는
옆방으로 간다. 아! 나의 찢긴 날들을
깁던 바늘! 바느질 함 옆에 앉은 그녀는

내 옆구리를 그녀 옆구리에

꿰맨다.

그리고 또 다시 떨어진 셔츠의

단추를 단다. 아! 놀라운 정경!

XXXVII

가여운 소녀를 알게 되었습니다.

나는 소녀를 무대로 인도했습니다.

그 애의 어머니, 여동생들은 얼마나 다정했던지.

"당신은 돌아오지 않을 거야"라는 소녀의 서글픈 말.

하던 일이 놀랍도록 순조롭게 나가자

멋진 왕처럼 나를 받들었습니다.

소녀는 나를 보면 어쩔 줄 몰라했습니다.

잘못 배운 소녀의 사랑은

얼마나 많이 나를 울렸는지 모릅니다.

소녀의 수줍은 마리네라 춤이 좋았습니다.

돌 때마다 소박하게 멋을 내던 춤.

박자에 맞춰 하늘대면서 마침표를 찍고,

물결표[40]를 붙이던 소녀의 손수건.

우리들이 신부님을 비웃자

내 일도 깨어지고 소녀의 일도 깨어졌습니다.[41]

그리고 하늘은 비워졌습니다.

XLIV

이 피아노[42]는 속으로 여행한다.
펄쩍펄쩍 좋아 뛰면서.
그리고 열 개의 지평선을 못박고
휴식의 관에서 묵상한다.

피아노는 나아간다. 굴 밑으로,
저쪽, 고통의 굴 밑으로,
자연스레 뻗쳐진 등뼈 밑으로.

이번에는 나팔이 등장한다.
살려는 황색의 나른한 열망을 싣고,
그리고 이내 사위어간다.
그러다가 천지창조의 전령인 천둥을 위해
죽어버린 악몽, 벌레 같은 악몽을 이 잡듯 잡는다.

어두운 피아노! 내 말을 듣는
귀머거리, 나를 귀먹게 하는 벙어리.
너는 누구를 감시하고 있는 거냐?

오! 신비의 맥박!

XLVI

네가 먹었던 바로 그 식탁 앞에
오후의 요리사[43]가 와 섰다.
죽을 정도로 네 추억이 고파서,
너무 슬퍼서, 물조차 마시기 싫다.

그러나 늘 그랬듯 네 겸허함은
가장 슬픈 친절을 베풀게 만든다.
너는 원하지도 않으면서, 네가 먹었던
식탁으로 다정하게 오는 사람을 본다.

오후의 요리사가 네게 간청한다.
음험하게 우리의 대화를 귀동냥했던
앞치마로 눈물 훔쳐가며 너를 그린다.

나도 노력을 한다. 이 닭요리를
먹을 용기가 없어서.
아! 이제 우리는 아무것도 먹을 수 없다.

XLVIII

내게는 70솔이 있다.

마지막에서 첫 번째 동전을 집는다.

69번의 접전 소리[44]가 난다.

그 일이 끝나자마자,

나의 얼얼한 고막 사이에 있는 모든

둥근 것이

타버린다. 불꽃을 퍼덕이며, 퍼덕이며.

그녀[45]는 69이면서 70에 도전한다.

그리고 71을 오르고 72에서 튄다.

그렇게 해서 남은 열매 모두는

몇 배로 늘어나고[46] 대담하게 반짝인다.

그녀는 떨면서, 사력을 다해,

고하하하함[47]을 치고

끈질긴 톡톡 튀는 침묵을 터뜨리면서

자연스럽고 거대하게 오줌을 눈다.

분출에 이의 없는 기둥들 사이로,

모든 숫자들, 완벽한 삶을 이루면서

끝난다.

L

간수는 하루에
네 번 열쇠를 사용한다. 열쇠를 쓰면 문들이
깜빡거리고[48] 그때마다 우리의 가슴이
여닫힌다는 것을 너무도 잘 안다.

우울한 엉덩이를 가진 얼뜬 노인,
정말 무관심한 소년처럼 서 있는
존경스러운 가여운 양반.
죄수들과 농담을 하다가 사타구니에
주먹질까지 하는 노인. 어떤 작자에게는
웃어가면서 거기를 문지르기도 한다. 그래도
항상 자기 의무에 충실한 노인.

내가 말하고 먹고 꿈꾸는 것에 따라
막대 사이로 짐짓 검사님 얼굴을
슬그머니
늘여보내고
새끼손가락을

치켜든다.

감옥 안에 아무도 없기를 바라는 새까만 양반!

간수의 그 소원이 얼마나 우리를 아프게 하던지!

시간의 체계를 따라 사는 훌륭한

이 피타고라스 학파 노인은

가슴을 펴고 살아간다. 그리고

밤이 이슥해서야, 그

강철 같은 자세에 어쩌다 예외가 있을 뿐이다.

물론, 항상

자기 일은 해가면서.

LI

거짓말이야. 골려주려고 그랬던 것
뿐이야. 됐어. 그만두지 않으면
네가 그렇게 했을 때
얼마나 내 가슴이 아픈지 알게 될걸.

거짓말이야. 뚝 그쳐.
옳지 그래.
다른 때에는 네가 내게 그렇게 했잖아.
그래서 나도 그렇게 한 것뿐이야.

네가 진짜로 우는 건지 열심히 살펴
보았어.
다른 땐 그냥 칭얼대는
탄식으로 끝냈잖아.
그 장난을 네가 믿으리라고는 꿈에도 몰랐는데
네 눈물이 나를 이겼구나.
됐어.

다 거짓말이었다는 거, 너 알잖아.

계속 그렇게 운다면, 좋아!

다음번엔 장난해도 모른 척할 거야.

LII

우리가 원할 때 일어나자꾸나.

엄마가 짐짓 화난 척하시면서

큰 소리로 일어나라고

노래하셔도 말이야.

우리 살살 웃자꾸나.

따스한 비쿠냐* 털 담요가 소리 나지 않게 하면서.

나한테 장난치기 없기!

초가집에서 나는 연기, 아,

장난꾸러기 형제들, 우리는 파란, 파르스레한

연 가지고 놀려고 꼭두새벽에 일어나곤 했다.

돌멩이, 반질반질한 기름 묻은 돌멩이를 누르면,

소똥 냄새가 코를 찔렀다.

      그리고 아직 글자도 모르는

애기 같은 공기[49]를 실하고 경쟁해보라고 떠밀곤 했다.

  *   vicuña. 안데스 지역에 서식하는 낙타과 동물.

그 어느 날은 양치기를 하고 싶겠지,
9개월을

　　　　애타게 기다리는 동굴인

　　　　너의 배꼽 구멍과

　　　　내 옷 사이에서.
아니면 밤에 흐르는 물 전체가
낮에 나오게 하려고
석양을 잡아두느라 정신없는
노인을 보살피고 싶겠지.

너는 배꼽 잡고 웃으면서 오는구나.
구운 옥수수, 돼지기름 섞은
밀가루가 있는
음악 소리 나는 점심.
그러고는 오늘도 아침인사하는 걸 또 까먹고
누워 있는 일꾼을 골려준다.
이 가엾은 친구는
'안녕하세요'를

‘안녕하시유’라고 고집스레 반복한다.[50]

LV

사맹*은 대기가 조용하고 슬픔을 간직했다고 하겠지.

바예호는, 오늘 잃어버린 머리카락 하나하나마다 죽음이 자신의 경계선을 용접시키고, 머리 앞부분에는 해초, 방어태세의 성스러운 모판에 있는 초목, 주인 없는 방부된 시구가 있다라고 말할 거다.[51]

수요일, 상처난 손톱들이 검푸른 손톱들로 바뀌어 먼지 가득한 체를 통해 한 방울씩 떨어진다. 메아리, 돌아온 종이, 치석,
　　　　파리 윙윙대는 소리도 함께.
죽음이 찾아오면, 진짜 감지되는 고통 그리고 어떤 기대가 온다.[52]

환자 하나가 프렌사 신문을 읽는다. 악보대에서 읽듯.
다른 환자는 이제 막 무덤에 들어갈 사람인 양,

---

*　　알베르 사맹(Albert Victor Samain, 1858~1900). 프랑스 상징주의 시인.

얼굴을 길게 하고 숨을 헐떡이며 누워 있다.

나는 아직 어깨가 제 자리에 있는 걸 알아차린다.

다른 쪽 바로 그 자리 뒤에.

오후는 이미 16번이나 초계 상태의 지하를 통과했다.

저 앞에

거의 빈 침대,

장시간 주인 없는 침대,

     거기 노란색 판에

        적힌 숫자.

LXI

이 밤, 말에서 내린다.
새벽 닭 울음소리 들으며
이별했던 우리집 대문 앞.
잠긴 문, 인기척 없는 집.

툇마루, 어린 시절 내가 맨살로 타고
이리저리 쏘다녔던 말, 큰 형이 그 말에
안장을 실을 때, 어머니가 불 밝혀주며
앉으셨던 곳.
햇볕에 바래버린 마음 아픈 어린 시절이
머무르는… 곳. 그런데 현관에
붙여진 이 상가(喪家) 표시는?

하느님은 남의 평화에 계시고
내 말은 하느님을 부르는 것처럼 기침을 하고
발길질하며 콧김을 내뿜는다. 그러다가 멈칫하더니
귀를 쫑긋 세우고
울부짖는다.

아버지는 기도로 밤을 새우시겠지. 어쩌면

내가 늦게 온다고 생각하실지도 모른다.

누나들은 곧 다가올 잔치로 부산스레

바삐 움직이며 소박한 기대에 부풀어

콧노래를 부르겠지.

이제 부족한 건 거의 없을 게다.

나는 기다리고 기다린다.

그러나 달걀 하나만큼 작아진 심장에서는 숨이 막힌다.

얼마 전까지도 우리는

대가족이었는데, 오늘은 우리가 돌아오라고

그 누구도 탁자에 촛불을 밝히거나 밤을 새우지 않았다.

다시 문을 두드린다. 정적.

나와 말은 흐느끼기 시작한다.

말은 울부짖고 울부짖는다.

모두들 영원히 잠들어 있다.

너무도 깊이 잠들어 있다. 고갯짓에

지친 나의 말. 아련한 꿈길에서

고갯짓 마다마다

'다 괜찮아, 다 괜찮아' 말소리가 들린다.

LXV

어머니, 내일은 산티아고*에 가렵니다.
어머니의 축복, 어머니의 흐느낌에 나를 적시려구요.
지금은 허황된 삶이 준 핏빛 상처와
좌절에서 헤쳐나오는 중입니다.

당신은 놀라서 두 팔을 벌리시겠죠.
당신의 소망으로 만들어진 기둥들은
껍질이 벗겨진 채 삭아갑니다. 마당이랑
저기 복도에는 잔치 때 쓰는 온갖 장식들이 즐비하게
늘어서서 저를 맞이할 겁니다. 어릴 적 의자도 저를
기다리고 있겠죠. 최고급 가죽으로 만들었던 네모난
의자는 증손자들 엉덩이를 그만 괴롭히라고
가죽 끈으로 얼기설기 엮여 있습니다.

어머니, 저는 가장 순수한 사랑을 솎아내고 있습니다.
중심을 잡는 겁니다. 중심 잡는 추가 애쓰는 소리 들리세요?

*   시인의 고향 산티아고 데 추코.

과녁에 가서 꽂히는 소리는요?
어머니, 저는, 이 땅의 모든 구멍에 당신의
사랑방정식을 대입하고 있습니다.
세상에서 가장 먼 곳에 있는 끈들,
세상에서 가장 고귀한 약속들까지
다다를 수 있는 조용한 바퀴가 있다면…

그래요. 돌아가셨지만 살아 계신 분, 그렇습니다.
당신의 두 팔 아래를 지나려면
발끝으로 걸어야지요. 아버지마저도 그곳을
지나시려면
어머니가 낳은 첫아들인 양
당신의 몸을 반 이상이나 더 쪼그리셨습니다.

그렇습니다. 당신은 돌아가셨지만 살아 계십니다.
눈물로도 쓰러뜨릴 수 없는
당신의 뼈가 만들어낸 기둥들.
운명의 신조차 손가락 하나

넣을 수 없는 기둥들.

돌아가셨지만 그렇게 살아 계십니다.
그렇게.

LXVIII

오늘은 7월 14일.
오후 5시. 마른 종이가 거의 다
비에 젖었다.
아래에서 아! 위로 올라가는 비.

열 손가락이 모인 손바닥은
두 개의 호수를 만든다.
엿새 전 화요일 늪이 되어버린 호수는
이제껏 눈물 속에 얼어 있다.

지난 한 주일은 가장 아프게 넘어져
목매달아 죽었다. 궤도 없는 거대한 주점[53]에서
불행한 천재가 겪을 수 있는
모든 일이 일어났다. 지금은 괜찮다.
우리를 씻기고 기쁘게 하고
부드러운 은총을 주는 이런 비가 있으니.

우리는 동물처럼 지내왔다. 그러나 단 한 번의

결심으로,

우리의 동물적 본능은 하얗게 극복되었다.

그리고 물었다. 영원한 사랑을

완벽한 만남을

여기서 거기로 이르는 것에 대해서.

그리고 답했다. 어디부터 내 것이며, 어디까지 네 것인지.

언제부터 우리가 끌고 다니는 지팡이가

(완전히) 지탱되는 것이 아니라 지탱해줄 것인지.

찍소리 안 하던 검정색

내 외투는 구석에 걸려 있었다.

깃

봉

에

꽂

혀

있

었

다.

LXXV

너희들은 죽었다.

너무도 이상하게 죽어 있는 너희들. 누구나 죽지 않았다고 말하겠지. 그러나 실은, 너희들은 죽었다.

하늘의 이 끝에서 저 끝까지 드리운 저 얇은 막 뒤로 헛되이 떠다니는 너희들. 이 황혼에서 저 황혼으로 표류하면서, 아픔도 못 느끼는 상처 앞에서 요란 떠는 너희들, 내 너희들에게 말하노니, 삶은 거울 안에 있고, 그대들은 죽음, 바로 그 자체이니라.

밀려오고 밀려가는 파도 속에서, 인간은 얼마나 아무렇지도 않게 죽어 있을 수 있단 말인가. 해안에 밀려온 물결이 부서지고 접히고 또 접힐 때에야 비로소 죽었음을 실감하고 너희들의 모습을 변화시킨다. 여섯 번째 현을 감지하지만, 이미 그것은 너희 것이 아니다.

너희들은 죽었다. 그전에도 결코 살아본 적이 없었지. 지금은 아니지만 한때는 살아 있었노라고 누구나 다 그렇게 말할 것이다. 그러나 사실은 결코 살아본 적이 없었던 삶의 시신에 불과했던 것이다. 서글픈 운명, 항상 죽어 있었던 존재의 운명. 푸르렀던 적이 없었는데, 이미 마른 잎이 되어버린 운명. 고아 중의 고아.

그러나 죽은 자는 아직 살아보지 않은 삶의 시신이 아니며, 그렇게 될 수도 없는 법이다. 그들은 산 채로 죽은 거다.

너희들은 죽었다.

LXXVI

밤부터 아침까지 말없는
X들에게 혀를 계속 날름댄다.

2가 될 때까지 쳐다볼 줄만 알았던
그 순수한 여인의 이름으로.

'나'라는 인물을 아주 기묘한 열쇠, 자물쇠,
색다른 존재로 아는 그녀의 이름으로.

결국 그렇게 될 운명에
자신을 내주고, 찍소리 하나
내지 않았던 그녀의 이름으로.

육체의 비등, 비등이 주특기인
육체. 그러나 항상 99도에서
멈춘다.

이틀이나 결합하지 못한

천성으로 맺어진 두 존재.

애를 쓰나 결국 미완에 그치는 결합!

LXXVII

우박이 억수로 쏟아진다. 폭풍우 칠 때마다
내가 폭풍의 입에서
건져낸 진주들을 기억해내고
불어나게 하려고.

이 비가 그치지 말아야 할 텐데.
적어도 이 비를 위해
내가 쓰러져야 하는 게 아니라면,
불이란 불 모두가 분출하는 물에 적셔
나를 땅 밑에 묻을 것이 아니라면.

이 비는 언제까지 나를 쫓아다닐까?
내게 마른 구석이 있을까봐 두렵다.
믿을 수 없는 목의 갈증을
그냥 두고 비가 가버릴까봐 두렵다.
갈증 때문에라도
조화를 이루게 하려면
올라가야만 한다. 내려오는 건 절대 금물!

내려가기 위해 올라가는 것 아닌가?

노래하라, 비! 바다 없는 해안에서라도!

『트릴세』초기 본에 수록되지 않은 시들

아에이오우의 아픔[1]

(2음절의 소네트)

—오틸리아에게

사실

대로

너는

봤지

그래

나는

더는

안돼.

십자

가는

뿌려

끝도

없는

빛을.

트릴세

이 세상에서 내가 아는 곳은
단 하나, 오로지 한군데, 그러나
우리는 거기 결코 가지 못하리.

그곳에 우리의 발이 어쩌다
한순간 닿았다 해도 실은
그렇지 않은 것과 다름없으리니.

매순간 이 삶의 길목에서
만나는 곳, 한 줄로 서서 걷다가,
걷다가 맞닿게 되는 곳.

나 자신보다 더 가까운, 내
원초적 삶보다 더 가까운, 그러나
운명에서 항상 멀게 보이는 곳.

그대들이 걸어서도 갈 수 있는 곳.
순수한 마음만으로도 이르는 곳.

도장이 있을 필요가 없는 곳.

찻빛 지평선은 그곳을 자기 것으로
만들려고 몸살을 앓는다. 그렇게 해서
위대한 '아무데'²로 만들려고.

그러나 내가 아는 그곳,
지상의 그곳은, 사람의 모습을 하고
정말 시 같은 시들과 함께 걸어간다.

"살짝 열린 저 문을 닫아라.
거울 속으로 통하는 저 문을."
"이쪽 문?" "아니, 저쪽 문."

"닫을 수가 없군. 저곳으로
결코 갈 수가 없어."
빗장들이 열을 지어 간다.

내가 아는 그곳은 그런 곳.

인간의 노래

Poemas humanos

좋은 의미

"어머니, 이 세상에 파리라는 이름을 가진 곳이 있답니다. 아주 먼데, 크고, 정말 거대합니다."

어머니는 내 외투 깃을 올려주십니다. 눈이 와서가 아니라 눈이 오라고 올려주시는 거지요.

내 아버지의 부인은 나를 사랑하십니다. 내가 태어나는 것을 등을 돌려 보시고 내 죽음에 가슴 끓이십니다. 작별과 귀향으로 나는 두 번이나 어머니의 것이 되었습니다. 돌아올 때에는 어머니를 가두었습니다. 나를 많이 보시라고요. 그분은 올곧은 분이며, 나와 늘 함께하십니다. 그것은 이미 그렇게 되기로 한 일, 이미 끝나버린 묵계입니다.

어머니는 나의 고백을 받아주시는 분, 내가 항상 찾는 분입니다. 그런데 왜 내 형제들에게는 그런 분이 아닐까요? 예를 들어, 맏형인 빅토르는 너무 늙어서 사람들이 우리 어머니 동생 같다고들 합니다. 어쩌면 내가 여행을 많이 해서 그러는 걸까요? 아니면 내가 경험을 많이 하며 살았다고 그러는 걸까요?

어머니는 내가 다정히 보낸 편지의 첫 번째 부분을 귀향 이야기보다 더 많이 마음에 담고 계십니다. 고향에 돌아오자, 내가 어머니의 뱃속으로 두 번이나 여행했음을 생각하고는 얼굴을 붉히시더니 영혼 이야기가 나오자 너무너무 창백해지셨습니다. 그날 밤 나는 행복했습니다. 그러나 어머니는 더욱 더 슬퍼하셨습니다. 앞으로 더 슬퍼하실지도 모르지요.

"애야, 어쩜 이렇게 늙어버렸니?"

내가 늙었다고, 내 얼굴이 누렇게 떴다고 내 얼굴을 부여잡고 울고 계십니다. 어머니는 나 때문에 우십니다. 나로 인해 슬퍼지신 겁니다. 내가 소년처럼 있는 게 뭐 그리 좋으신 걸까요? 어쨌든 나는 어머니의 아들인걸요. 왜 어머니들은 자식들의 나이가 어머니 나이보다 늘 적은데도 자식들이 늙는 것에 괴로워할까요? 자식들이 나이가 들수록 부모를 닮는다는 것을 왜 모를까요? 우리 어머니는 내가 나이보다 더 늙었다고, 어머니만큼 늙어서는 안 된다며 우십니다.

나의 작별은 어머니의 일부분에서 시작되었고, 그곳은 내가 돌아올 곳에서는 아득히 멀리 있습니다. 나의 귀향이 너무도 길어져서, 아들이라기보다는 하나의 남자로 어머니 앞에 돌아와 섰습니다. 그곳에 있는 세 개의 횃불이 오늘 우리들을 환히 비춰주고 있습니다. 그래서 나는 목이 쉬도록 외칩니다.

"어머니, 이 세상에 파리라는 이름을 가진 곳이 있답니다. 아주 먼데, 크고, 정말 거대합니다."

내 아버지의 부인은 내 말을 들으며 점심을 드십니다. 그녀의 죽어가는 눈이 내 팔을 다정스레 훑고 갑니다.

인생에서 가장 위험했던 순간

한 사내가 말했다.

"내 인생에서 가장 위험했던 순간은 마른 강 전투*였지. 거기서 가슴에 관통상을 입었거든."

다른 사내가 말했다.

"내 인생에서 가장 위험했던 순간은 관동대지진 때였지. 거기서 자개 가게 처마 밑으로 도망가서 기적적으로 목숨을 구했다네."

또 다른 사내가 말했다.

"내 인생에서 가장 위험했던 순간은 낮잠 잘 때 일어났어."

또 다른 사내,

"내 인생에서 가장 위험했던 순간은 가장 고독했던 시절이었지."

또 다른 사내,

"내 인생에서 가장 위험했던 순간은 페루 감옥에 갇혀 있을 때였어."

또 다른 사내,

---

*   1차 세계대전 당시 파리 인근 마른(Marne) 강 유역에서 일어난 전투.

"내 인생에서 가장 위험했던 순간은 옆모습으로 아버지를 놀래드린 때야."

마지막 사내의 말,

"내 인생에서 가장 위험했던 순간은 아직 안 왔어."

희망에 대해 말씀드리지요

나는 오늘 이 고통을 세사르 바예호로 겪는 것이 아닙니다. 예술가로도, 인간으로도, 살아 있는 존재로도 겪는 것이 아닙니다. 가톨릭 신자, 이슬람교도, 무신론자로도 겪는 것이 아닙니다. 그저 단지 고통스러울 뿐입니다. 내가 세사르 바예호가 아니었다 해도 이 고통을 겪었을 것입니다. 예술가가 아니었다 해도 겪었을 것이며, 인간이 아니었다 해도, 살아 있는 존재가 아니었다 해도 이 고통을 겪었을 것입니다. 가톨릭 신자, 이슬람교도, 무신론자가 아니었다 해도 겪었을 것입니다. 오늘은 저 마음속 깊은 곳에서부터 괴로워하고 있습니다. 오늘은 단지 고통을 겪을 뿐입니다.

지금 나는 이유 없이 아픕니다. 나의 아픔은 너무나 깊은 것이어서 원인도 없지만 그렇다고 완전히 원인이 없는 것도 아닙니다. 그 원인이 무엇일까요? 아무것도 그 원인이 아닙니다만 어느 것도 원인이 아닌 것 또한 없습니다. 왜 이 아픔은 저절로 생겨난 걸까요? 내 아픔은 북녘바람의 것이며 동시에 남녘바람의 것이기도 합니다. 마치 이상야릇한 새들이 바람을 품어 낳는 중성의 알이라고나 할까요? 내 연인이 죽었다 해도, 이 아픔은 똑같을 것입니다. 목을 잘랐다 해도 역시 똑같은 아픔을 느꼈을 것입니다. 삶이 다른 형태로 진행되었다 해도, 역시 이 아픔은 똑같았을 것입니다. 오늘 나는 위로부터 고통을 받고 있습니다. 그저 단지 괴로울 따름입니다.

배고픈 사람의 고통을 봅니다. 그리고 그의 배고픔이 나의 고통과는 먼 것임을 봅니다. 내가 죽는 순간까지 굶게 된다면, 적어도 내 무덤에서는 억새풀이라도 하나 자라겠지요. 사랑도 마찬가지입니다. 샘[泉]도 없고 닳지도 않는 나의 피에 비하면 그대의 피는 얼마나 풍요로운지 모릅니다.

세상의 모든 것들은 필연적으로 부모나 자식이 되어야 한다고 지금까지 생각했습니다. 그러나 오늘 나의 이 고통은 부모라서 자식이라서 겪는 것이 아님을 깨달았습니다. 밤이 되기에는 등[背]이 부족하고, 새벽이 되기에는 가슴이 남아돕니다. 그리고 어두운 방에 두면 빛나지 않을 것이고, 밝은 방에 두면 그림자가 생기지 않을 것입니다. 어쨌든, 오늘 나는 괴롭습니다. 오늘은 그저 괴로울 뿐입니다.

김빠진 술

아버지께서 우리에게 학교에 가라고 명했을 때에 우리는 애처로운 나이의 애들이었습니다. 2월의 비 내리던 오후, 사랑의 간호사인 어머니는 부엌에서 기도의 성찬을 마련하셨습니다. 저 아래 식당에 있는 식탁 주위로 아버지와 형들이 앉아 있었습니다. 어머니는 아궁이 끝에 앉아 계셨습니다. 문 두드리는 소리가 났습니다.

"누가 왔나보다." 어머니께서 말씀하셨습니다.

"누가 왔나봐." 어머니는 더 큰 소리로 말씀하셨습니다.

"누가 왔다니까." 어머니는 온 힘을 다해 말씀하셨습니다. 오는 사람의 내장 속 구석구석까지 파고들 정도로.

"나티바, 누가 왔나 가봐라."

어머니의 허락도 없이 아들 미겔은 누가 왔나 보려고 나갑니다. 우리 모두의 앞을 가로질러서.

미겔이 밖에 있는 동안 우리 모두는 숨을 죽입니다. 어머니가 나가셨습니다. 마치 '알아봐야겠네'라고 말씀하시듯 뒷걸음질쳐서 뜰로 나가셨습니다. 나티바는 그 어떤 손님 때문에 웁니다. 어머니의 손이 그리워서, 어머니가 안 보이는 뜰로 인해. 그러자 밥을 먹던 우리는 괴로워서 이마를 찡그립니다.

"동생을 문밖으로 나가지 못하게 했더니, 나를 흉보고 있어요. 내 흉을 본단 말예요."

그러자 아이의 핏줄 섞인 동지인 아버지에게 가장 역할이 맡겨집니다.

아버지는 한 주 만에 모인 자식들 앞에서 "내일 학교에 가야 한다."라고 스승처럼 말씀하시며, 먼 훗날 남자라는 존재가 해야 할 일을 보여주십니다.

결자해지. 인생도 그런 법.

어머니는 울음을 억누르며 속으로 우십니다. 이제 아무도 말리려 들지 않습니다. 아버지의 입에서 나오던 눈에 익은 숟가락이 동강나버립니다. 아들의 쓰디쓴 괴로움이 아버지의 입 안에 남았습니다.

그때, 갑자기, 재수없는 방문객이 왔던 그 뜨락의 빗물통에서 암탉 한 마리 튀어오릅니다. 낯익은 닭, 달걀도 낳지 않는, 무지막지한 검은 암탉. 내 목에서는 닭소리가 납니다. 늙은 암탉은 달걀을 깨뜨리지 못한 병아리 몇 마리의 어미였습니다. 그 순간을 잊어버린 암탉은 자식들의 과부가 되었습니다. 달걀은 속이 모두 비어 있었습니다. 닭 때문에 식탁으로 말[言]이 돌아왔습니다.

아무도 닭을 쫓지 않았습니다. 닭을 쫓았더라면, 위대한 모성애로 인해 아무도 견디지 못했을 겁니다.

"늙은 암탉 자식들은 어디 있지?"

"병아리들은 어디 있지?"

가엾은 병아리들! 다 어디에 있는 건지.

"이 집에는 아무도 살지 않아요"

"이 집에는 아무도 살지 않아요." 너는 내게 말한다. "다 가버렸어요. 거실, 침실, 정원에는 인적조차 없답니다. 모두가 떠나버려서 아무도 없지요."

나는 네게 이렇게 말한다. 누가 떠나버리면, 누군가 남게 마련이라고. 한 사람이 지나간 자리는 이제 아무도 없는 곳이 아니라고. 그저 없는 것처럼 있을 뿐이며, 아무도 지나가지 않은 곳에는 인간의 고독이 있는 것이라고. 담을 인간으로 만든 것이 아니라 돌이나 강철로 만들었으니, 새 집들은 낡은 집보다 더 죽어 있는 법. 집을 짓는다고 그 집이 세상에 존재하는 것은 아니다. 그 집에 사람이 살 때에야 비로소 세상에 존재하는 것이다. 집이란, 무덤처럼, 사람들이 머무르는 곳이기 때문이지. 이것이 바로 집과 무덤이 너무너무 똑같은 점이다. 단, 집은 인간의 삶으로 영양을 취하는데, 무덤은 인간의 죽음으로 영양을 취한다는 게 다른 점이야. 그래서 집은 서있고, 무덤은 누워 있는 법.

모두들 집에서 떠났다는 것은 실은 모두들 그 집에 있다는 것. 그렇다고 그들의 추억이 그 집에 남은 게 아니라, 그들 자신이 그 집에 있는 것이다. 그러나 그들이 실제로 그 집에서 산다는 말은 아니지. 집으로 인해 사람들이 영속할 수 있다는 것일 뿐. 집에서 각자 맡았던 일, 일어났던 일 같은 것은 기차나 비행기, 말 같은 것을 타고 떠나거나, 걸어가 버리거나, 기어서라도 떠나버리면 없어지지만, 매일매일 반복해서 일어나던 행동의 주인이었던 몸의 기관은 그 집에 계속 남는 법. 발자취도 가버렸고, 입맞춤도, 용서도, 잘못도 없어졌다. 집에 남아 있는 건 발, 입술, 눈, 심장 같은 것. 부정과 긍정, 선과 악은 흩어져버렸다. 그저 그 행동의 주인만이 집에 남았을 뿐.

나는 웃고 있습니다

작은 돌멩이, 제일 작은 돌멩이 단 하나가
조종한다,
불행한, 파라오처럼 생긴 모래 언덕 전체를.

대기에는 추억과 염원으로 긴장감이 돌고,
태양 아래서
피라미드에게 목을 요구하다가 침묵에 빠진다.

갈증. 떠도는 부족의 물기 어린 우울,
백년에
일
분씩
방울진다.

숫자 3의 평행선 셋은
기억할 수조차 없는 세월의 수염을 달고
대오를 이루어 행진한다.   3   3   3

거대한 구두공장이 알려주는 시간.

맨발로 행진하는 시간

죽음에서   죽음을   향하여.

흰 돌 위의 검은 돌

비가 억수로 쏟아지는 파리에서 죽겠다.
그날이 어느 날인가는 이미 알고 있다.
파리에서 죽으리라. 피하지는 않겠다.
어쩌면 오늘 같은 가을날 목요일일 거다.

오늘 같은 목요일일 거다. 이 시를 쓰는
이 목요일, 상박골이 아파오고 있는데,
내가 걸어온 이 길에서 오늘만큼 내가
혼자라는 것을 느낀 적이 없으니 말이다.

세사르 바예호는 죽었다. 바예호가 아무 짓도
안 했는데도 모두들 바예호를 때린다.
몽둥이로 얼마나 두드려대던지. 게다가,

동아줄로 얼마나 세게 옭아매던지.
목요일, 상박골 뼈, 고독, 비, 길…
이 모두가 몽둥이찜질의 증인이다.

배고픈 사람의 수레바퀴

바지를 내릴 때…
소리를 쳐가며, 힘을 주면서,
내 이빨 사이에서 부글대며 김이 나온다.
내 위는 소. 내 소장도 소.
불행은 내 셔츠의 소맷부리를 막대기로 잡아채어
내 이빨 사이에서 나를 꺼낸다.

내가 앉아 쉴 돌조차
없단 말인가?
아기 낳은 여인이 걸려 넘어진 저 돌,
새끼 양의 어미, 원인, 뿌리,
그 돌은 이제 내게는 해당하지 않는 걸까?
내 영혼을 위해
머리 숙이고 지나간 그 돌이라도 좀…
유린된 돌,
나쁜 돌 (초라한 바다)
아니면, 인간에게 던져줄 가치도 없는 그 어떤 돌이라도,
그것만이라도 나에게 달라.

온몸으로 모욕을 받으며 혼자 있는 돌이라도

그것만이라도 나에게 달라.

휘어지고, 부정한 것, 단지 한 번 올곧은

양심이 지나갈 때에만 소리 나는 그 돌.

아니면, 적어도, 휘어진 곳에 던져진 채,

저절로 굴러 떨어지려는 그 돌.

진실한 내면의 업에 놓인

그것만이라도 나에게 달라.

나에게는 빵 한 조각조차 배당되지 않는단 말인가?

내가 지금까지 살아왔던 그대로 살아갈 수는 없다.

그러니, 내가

앉아 쉴 돌을 달라.

내가 기댈 빵 한 조각을

달라.

스페인어로 마시고, 먹고, 살고, 쉴

그 어떤 것을

달라.

그러면 나는 떠나겠다.

이상하다. 내 셔츠가 더럽고

형편없이 해어져버렸다.

이제 아무것도 가진 게 없다. 끔찍한 일이다.

파리, 1936년 10월

이 모든 것에서 떠나는 유일한 존재는 나.
이 의자를 두고 떠나리. 바지도 두고,
나의 위대한 상태, 나의 일도 접어두고,
산산조각이 나서 갈라져버린 숫자도 두고.
이 모든 것에서 떠나는 유일한 존재는 나.

엘리제 궁전 앞의 거리, 달나라의
이상스러운 거리를 한바퀴 돌면서
내 주검은 떠난다, 내 요람도 떠난다.
사람들에 에워싸인 나처럼 생긴 인간은
혼자, 멀찍이 떨어져서 한바퀴 돌면서
그림자를 하나씩 둘씩 떠나보낸다.

나만 모든 것에서 떠난다. 나머지 모두는
알리바이 때문에 남아야 한다.
내 구두, 구두의 입, 구두에 묻은 진흙,
단추가 채워진 내 셔츠의
접힌 소매까지도 그대로 남아야 한다.

오늘처럼 인생이 싫었던 날은 없다

오늘처럼 인생이 싫었던 날은 없다.

항상 산다는 것이 좋았었는데, 늘 그렇게 말해왔는데.

내 전신을 이리저리 만지면서, 내 말 뒤에 숨어 있는

혀에 한 방을 쏠까 하다가 그만두었다.

오늘은 턱이 내려와 있는 것을 느낀다.

그리고 잠시 머물게 된 이 바지 안에서 나 자신에게 말한다.

'그리도 많이 살았건만 결코 살지 않았다니!'

'그리도 많은 세월이었건만 또 다른 세월이 기다린다니!'

우리 부모님들은 돌 밑에 묻히셨다.

부모님들의 서글픈 기지개는 아직 끝나지 않았고,

형제들, 나의 형제들은 온전한데,

조끼 입고 서 있는 나라는 존재.

나는 산다는 것을 좋아한다.

물론,

삶에는 나의 사랑하는 죽음이 있어야 하고,

커피를 마시며 파리의 무성한 밤나무를 바라보면서

이런 말을 해야 한다.

'이거와 저거는 눈, 저것과 이것은 이마…'

그리고 이렇게 되풀이한다.

'그렇게 많은 날을 살아왔건만 곡조는 똑같다.'

'그렇게 많은 해를 지내왔건만, 늘, 항상, 언제나…'

아까 조끼라고 했지. 부분, 전신,

열망이라고도 했지. '울지 않으려고'라는 말을 거의 할 뻔했지.

저 옆 병원에서 정말 많이 아파서 고생깨나 했지.

내 온몸을 아래에서 위까지 다 훑어본 것은

기분 나쁜 일이긴 하지만, 뭐 괜찮아.

엎드려서 사는 거라 해도 산다는 것은 어쨌든 늘 기분 좋은
일일 거야.

'그리도 많이 살았건만 결코 살지 않았다니! 그리고 많은
세월이었건만 늘, 언제나, 항상, 항시 세월이 기다리고 있
다니!'

이렇게 나는 늘 말해왔고 지금도 말하니 말이다.

인간은 슬퍼하고 기침하는 존재[1]

인간은 슬퍼하고 기침하는 존재.

그러나 뜨거운 가슴에 들뜨는 존재.

그저 하는 일이라곤 하루하루를 연명하는

음습한 포유동물, 빗질할 줄 아는

존재라고

공평하고 냉정하게 생각해볼 때…

노동의 결과로

서서히 만들어진 것이 인간이며,

상사이며, 부하인 존재.

세월의 도표는 상사의 명패에

빠짐없이 투시되지만,

까마득한 그 옛날부터

백성의 굶주린 방정식에 대해

상사의 눈은 반만 열려 있음을 고려해볼 때…

인간이 때로 생각에 잠겨

울고 싶어하며, 자신을 하나의 물건처럼

쉽사리 내팽개치고,

훌륭한 목수도 되고, 땀 흘리고, 죽이고,

그러고도 노래하고, 밥 먹고, 단추 채운다는 것을

어렵잖게 이해한다고 할 때…

인간이 진정

하나의 동물이기는 하나, 고개를 돌릴 때

그의 슬픔이 내 뇌리에 박힌다는 점을 고려해볼 때…

인간이 가진 물건, 변기,

절망, 자신의 잔인한 하루를 마감하면서

그 하루를 지우는 존재임을 생각해볼 때…

내가 사랑함을 알고,

사랑하기에 미워하는데도,

인간은 내게 무관심하다는 것을 이해한다고 할 때…

인간의 모든 서류를 살펴볼 때,

아주 조그맣게 태어났음을 증명하는 서류까지
안경을 써가며 볼 때…

손짓을 하자 내게
온다.
나는 감동에 겨워 그를 얼싸안는다.
어쩌겠는가? 그저 감동, 감동에 겨울 뿐…

흙더미

불을 밝히는 촛불이 세상 어디서나 다 그렇듯,
근육으로 다져진, 맨몸의
농부들은 새벽안개를 헤치며 일한다.
멋진 수염,
길들여진 발, 들판에서 진정으로 아름다운 존재.

떠오르는 대로 말하고
서품식(敍品式)처럼 경건하게 술잔을 나누며
서로의 생각을 나누고,
나무 뒤에서도 의견을 나누고,
자기들만의 언어로, 하현달에 대해, 우리 모두의 것인
강들에 대해 이야기한다. (거대해! 대단해! 위대해!)

소리 내지 않는 힘이 하는 일
따끔한 찔레나무 작업
막대기를 건네고
막대기로 몸짓의 말을 건네고
막대기로 끊는다.

막대기에 말이 걸려 있다.

어깨에서 내리치는 빛나는 연장은 온 힘을 빼앗고
하늘에 닿을 때까지 무릎걸음으로 수없는 세월을
거슬러 내려간다.
그리고
오래된 해골 흔들리듯, 자신들의 잘못을
흔들며, 흔들며, 자기들의 큰 과오, 온순함,
얼굴 뻘개진 판사님들의
피 흐르는 서러운 잔을 끈으로 높이 매단다.

그들에게도 머리, 몸, 사지는 있다.
바지, 커다란 손과 손가락, 고추[2]도 있다.
식사를 할 때는 성장(盛裝)을 하고
억센 손바닥으로 얼굴을 쓰다듬어 닦는다.

이네들이 수많은 위험한 세월을
지내왔다는 건 사실이다. 그리고

고개 숙여 절해왔다는 것도.

시계도 없다. 숨쉬는 것을 자랑한 적도 없다.

참다못해 되뇌는 말은, 씨발놈들아, 루이스 타보아다야, 영
국놈들아,

잘 먹고 잘 살아라.

오늘 나는 기분 좋게 행복하고 싶다

오늘 나는 기분 좋게 행복하고 싶다.

행복하고, 수많은 질문을 하고 싶다,

내 방의 문을 미친 사람처럼 활짝 맘껏 열고,

따지고 싶다.

내 몸을 눕혀놓고

내 이 자연스러운 자세를 시험해보고들 싶은지

정말 시험해보고들 싶은 건지 따지고 싶다.

왜 이렇게 내 영혼을 괴롭히는 건지

따지고 싶다.

정말로 행복해지고 싶다.

지팡이 없이, 속세의 겸허 없이, 검은 나귀[3]도 없이 활동하
고 싶다.

이 세상의 감흥,

확실하지 않은[4] 노래,

내 구멍[5]에 잃어버린 연필,

사랑하는 나의 눈물 분출 기관도 없이.

말이 통하는 형제, 동지,

위대한 아버지, 죽음의 자식,

친구, 경쟁자, 거대한 다윈의 이론[6]의 일부,

내 초상화를 들고 언제나 오려는가?

놀러 오나? 내 죽은 시신 위에서?

더 일찍 오려나? 혹시 싸우러 올지 누가 알아?

거부당하고 요주의 대상인 나,

동지, 내 이웃, 내게 자비를 베푸시게,

내 희망은 당신의 거대한 목을 오르고 내린다,

끈도 없이, 희망만 가지고.[7]

광부들이 광산에서 나와

광부들이 광산에서 나와
무너질 곳을 거슬러 오른다.
그들의 평안을 포성에 맞추고,
머릿속으로는 할 일을 생각하고,
소리를 질러가며
굴을 단단히 막는다.

그들이 피워내는 먼지를 보았어야 하는데,
그들의 녹슨 소리를 들었어야 하는데,
입으로 쐐기를 박고, 입으로 담금질을 하고, 입으로 도구를
만지고, (정말 믿기 어려운 일이야!)

광부들이 만드는 봉분들,
그네들의 플라스틱 마스크, 합창으로 외치는 대답이
타오르는 불행 밑으로 몰려든다.
서럽고 슬퍼진 이들은 화가 나서 누렇게 뜬다.
없어지는
광석에 젖어, 창백하고 형편없는 광물질8에 젖어.

고된 일로 두개골만 남아서,

토끼 가죽으로 만든 신발을 신고

끝도 없는 갱도를 오가며,

눈물이 그렁한 눈을 가진 이들.

저 깊은 곳에서 창조하는 이들은

층계 사이사이에 난 하늘을 벗 삼아

위를 보며 내려오고

아래를 보며 올라갈 줄 안다.

천형(天刑)으로 그 옛날부터 해오던 위대한 작업!

잘 줄 모르는 신체 기관! 거친 침!

그들의 눈썹, 가늘고 날카로운 용기의 눈썹!

그들의 고함 속에 자라나는 풀, 이끼, 개구리!

그들의 침대보는 강철 비로드로 만들고!

저 아래에 있는 여인들, 그들의 여인들!

가족 모두가 행복하기를!

무너질 곳을 오르며

머릿속으로는 앞으로 할 일을 생각하고

입으로 단단히 닫힌

굴을 여는 광부들.

정말 놀라운 존재들.

그들의 누런 본성

그들의 마술 랜턴,

플라스틱 마스크, 마름모꼴 통,

여섯 개의 시신경을 가진 눈,

교회 마당에서 놀고 있는 그들의 아들들,

아기 같고 말없는 그들의 부모님께도, 경례!

깊은 곳에서 창조하는 자들이여! 축배를!⋯ (정말 믿기 어려워)

눈이 아니라 안경을

눈이 아니라 안경을,
계단이 아니라 사다리를,
새가 아니라 날개를 믿는다.
단지 너, 단지 너, 단지 너만.

악인이 아니라 악을,
술이 아니라 잔을,
인간이 아니라 주검을 믿는다.
단지 너, 단지 너, 단지 너만.

한 사람이 아니라 다수를,
강이 아니라 물줄기를,
다리가 아니라 바지를 믿는다.
단지 너, 단지 너, 단지 너만.

문이 아니라 창문을,
아홉 달이 아니라 어머니를,
황금 주사위가 아니라 운명을 믿는다,

단지 너, 단지 너, 단지 너만.

두 별 사이에서 부딪치다

너무나도 불행한 사람들, 육신조차 없는 이들.
머리칼은 풍성하고, 대단하신 고민거리는
아주 조금이라 몇 뼘에 불과한데,
지체는 높으시다. 그 양반의
망각의 어금니는 '나 찾지 마라' 하신다.
대기에서 나오신 듯, 정신적 한숨을 내뱉고,
입천장에 가해지는 매질 소리 요란한 양반들.

태어나시는 석관을 긁으면서 피부로 폼 잡고,[9]
시시각각 자신의 죽음을 향해 올라가시고,
차디찬 가갸거겨와 함께 땅바닥으로 추락하신다.

아이구, 그렇게 많다니! 그렇게 적다니! 아이구, 저 양반들!
아이구, 내 방에서 렌즈로 저 양반들 말소리를 듣다니!
아이구, 옷을 사실 때는, 가엾은 내 가슴!
아이구, 저 양반들 거대한 똥 속에 있는 내 하얀 때!

평범한[10] 양반들 귀가 사랑받기를,

앉아 있는 이들이 사랑받기를,
모르는 저 분과 그 부인이 사랑받기를
소매, 목, 눈이 있는 우리 이웃이 사랑받기를!

빈대 있는 저 양반 사랑받기를,
비오는 날 찢어진 신발을 신고 가는 이,
초 두 개로 빵 한 조각만 한 시신을 지키는 이,
문에 손가락 하나가 낀 이,
생일이 없는 이,
화재로 그림자를 잃어버린 이,
앵무새를 닮은 짐승,
사람 같은 짐승, 가난한 부자,
정말 불행한 이, 가난한 가난뱅이.

배가 고프거나
목이 마른 이들 사랑받기를,
그러나 마른 목을 축여줄 허기짐은 없고,
허기짐을 채워줄 목마름도 없다.

매 순간, 매일, 매월 일하는 자가 사랑받기를,

고통이나 수치심으로 땀 흘리는 이,

손이 명하는 대로 극장에 가는 저 양반,

돈이 없으면서도 값을 치르는 이,

바닥에 등을 대고 자는 이,

어린 시절을 기억조차 못하는 이가 사랑받기를.

모자 없이 다니는 대머리 양반,

가시가 없는 의로운 사람,

장미가 없는 도둑,

이미 하느님을 본 시계 가진 양반,

명예를 가지고 사는 이가 사랑받기를.

넘어져서 아직 울고 있는 아이가 사랑받기를.

넘어졌는데도 울지 않는 어른이 사랑받기를.

그렇게 많다니! 그렇게 적다니! 아이구, 저 양반들!

안녕을 추억하는 이별

결국, 드디어, 종래에, 나는 돌아온다.
돌아왔고 생을 끝낸다. 그대들에게 열쇠, 내 모자,
그리고 모두에게 보내는 이 편지를 보내고 한숨짓는다.
열쇠에는 금박이를 벗기는 걸 배우게 해주는
금속이 있고, 모자 끝에는 제대로 빗지도 않은
가엾은 두뇌가 달려 있고,
극적인 종이 안에 있는 마지막 연기가 담긴 컵에는
이 영혼의 실질적인 꿈이 쉬고 있다.

안녕, 형제들, 성 베드로들,
헤라클레스들, 에라스뮈스들, 스피노자들!
슬픈 볼셰비키 주교들 안녕!
무질서 세계의 위정관들 안녕!
물속에서 포도주처럼 계신 포도주도 안녕!
빗속에 있는 알콜도 안녕!

나 자신에게도 안녕!
밀리그램들의 형식적 비상도 안녕!

추위 중의 추위, 더위 중의 추위,

역시 똑같이 안녕!

결국, 드디어, 종래에, 논리학,

불의 경계선들,

그 안녕을 추억하며 이별.

어쩌면 나는 다른 존재일 수 있다

어쩌면 나는 다른 존재일 수 있다. 새벽에 커다란 원반,
유연한 원반 주위로 걸어가는 다른 존재.
죽을 존재, 추상적 존재, 대담한 진동판.
사라진 여우, 가짜 여우, 화가 단단히 난 여우를
기다렸을 때를 기억해낼지 모른다. 그래서 대리석 위에,
동으로 된 야전침대에 주홍색으로 물든 검지로 쓴다.
어쩌면 나는 결국 인간,
정 많은 쪽[藍]으로 등을 물들이는 존재,
어쩌면 더 저쪽에는 아무것도 없을지도.

바다는 내게 원반을 준다. 좀 마른 상태의 원반[11]을
내 목 입구에 대준다.
아무 맛도 안 난다. 정말이다. 더 시큼하고, 더 달고, 더 칸
트적이다!
그러나 땀은 남의 것, 소금, 물, 아니면
폭풍을 진정시키는 요소[12]가
밀려가고 올라가고, 이건 정말 아니다!

꼼짝 않고 누운 나, 죽어가는 나.

갑자기 퉁퉁 부어 온몸이 엉긴 상태.

다리도 없고, 세월의 때가 낀 진흙도 없고, 무기도 없고.

거대한 원자에 매달린 바늘 하나만…

안 돼! 절대로! 어제는 아냐! 앞으로도 아냐!

거기서 이 악마 같은 결핵,

아득한 시절의 사랑니,[13]

사후에 대한 의심,

검지, 침대, 표.[14]

강도(強度)와 고도(高度)

쓰고 싶다, 그러나 거품만 나온다.

많은 말을 하고 싶은데 옴짝달싹 못한다.

합계가 되지 않는데 말해지는 숫자는 없다.

핵심 없이 써올린 탑도 없다.

쓰고 싶다, 그러나 동물이 된 느낌이다.

내게 월계관을 씌워주고 싶은데 눈물만 난다.[15]

안개로 변하지 않는 말로 된 기침은 없다.

발전 없이는 하느님도, 하느님의 아들도 없다.

그러니 풀 먹으러 가자. 눈물의 고기, 신음의 과일,

우리가 가진 우울한 영혼을 먹으러.

가자, 가자, 난 상처 입었다.

이미 마신 것을 마시러 가자.

까마귀, 네 짝꿍 임신시키러 가자.

한 사내가 한 여인을 보고 있다

한 사내가 한 여인을 보고 있다.
좋은 흙으로 만든 본능적 남자가
아주 가까이서 보고 있다.
두 손 사이에서 본다.
두 가슴이 무너진다.
두 어깨가 흔들린다.

나는 스스로에게 묻는다. 거대한, 하얀,
강한 갈비뼈를 나 스스로가 눌러가면서.
이 남자는
아버지가 될 어린아이였던 적이 없나요?
이 여자는 자신의 성이
생산자라는 걸 입증하려고 아이를 가진 적이 없나요?

지금 나는 발이 백 개 달린 아이,
격정적인, 힘이 넘치는 아이를 본다.
코를 풀고, 엉덩이 흔들고, 혼자 옷 입는 걸
저들이 못 보는 걸 본다.

애를 낳는 그녀,

구부린 황금빛 건초의 그 남자,

나는 그들 둘을 받아들인다.

그 순간 나는 감탄하고 만다,

사는 것을 멈추지도 않고,

내가 경배하는 투쟁 안에서 두려워하지도 않는 사실에 대해.

뒤늦게 깨달은

아버지, 아들, 어머니로

이어지는 행복!

이제 그 아무도 느끼고 사랑하지 않는

원을 그린, 가정적인 순간!

소리 없는 눈부심, 포도주 빛의 눈부심 속에

연주되는 노래 중의 가장 멋진 노래!

아름다운 목수의 멋진 통나무!

완벽한 겨드랑이의 가벼운 노!

배의 양 옆, 멋진 배!

한 사내가 빵을 어깨에 메고 간다

한 사내가 빵을 어깨에 메고 간다.
좀 있다가 나의 조종(弔鐘)에 대해 시를 써볼까?

다른 사내가 앉는다, 긁는다, 겨드랑이에서 이를 꺼내 죽인다.
무슨 용기로 정신분석학에 대해 말하지?

다른 사내가 몽둥이를 손에 들고 내 가슴으로 들어왔다.
의사한테 소크라테스에 대해 말해볼까?

절뚝발이가 한 어린애의 팔에 의지해 지나간다.
나중에 앙드레 브르통 책을 읽을까?

다른 사내가 추위에 떤다, 기침한다, 피를 뱉는다.
심오한 '나'라는 존재를 결코 암시할 수 없는 걸까?

다른 사내가 진흙탕에서 뼈다귀와 과일껍질을 뒤진다.
그다음에 영원에 대해서는 어떻게 쓰지?

미장이가 지붕에서 떨어진다, 죽는다, 점심은 못 먹는다.
그런 다음에 수사법, 은유법을 개혁해본다?

장사치가 손님에게 무게를 달아주며 1그램을 훔친다.
그리고 4차원의 세계에 대해 말한다?

은행원이 가짜 결산표를 만든다.
극장에서 어떤 모습으로 운다?

천민이 등에 발을 올리고 잔다.
피카소에 대해서는 아무에게도 말 안 한다?

누군가 흐느끼며 장지(葬地)로 간다.
다음에 한림원에 어떻게 들어가지?

누군가가 부엌에서 총을 닦는다.
무슨 용기로 피안에 대해 말한다지?

누군가가 손가락으로 셈하며 지나간다.

소리치지 않고 나 아닌 나에 대해 어떻게 말하지?

손뼉과 기타

지금, 여기, 우리끼리,
내게 오렴, 네 몸을 손으로 데리고 와,
그리고 함께 저녁을 먹고 삶의 한 순간을
두 개의 삶으로 만들자. 하나는 우리 죽음에 선사하고.
지금, 내게 완전히 오렴, 제발 내 이름으로 불평하고,
네 손이 끌고 오는 네 영혼 안에 있는
어두운 밤의 불빛을 향해
우리 자신에게서 살금살금 도망가자.

이리 와, 그래, 너 자신에게, 그래.
나란히 걸으면서 우리 둘의 짝짝이 발걸음을 보고,
이별의 발걸음을 재보자.
돌아올 때까지! 다시 볼 때까지!
무지한 우리들이 읽을 수 있을 때까지!
다시 돌아올 때까지, 안녕!

총, 그게 나한테 뭐 그리 중요해?
내 말 들어봐.

좀 들어봐. 내가 서명할 수 있는 방향으로

총알이 쫓아온다 해도 그게 뭐 그리 중요해?

총이 네 체취 안에서 연기를 뿜는 거,

그 총알이 네게 뭐 그리 중요해?

오늘 당장, 한 장님의 팔로

우리 별 무게를 달아보자.

그리고 네가 내게 노래 한 곡 부르면, 울자꾸나.

예쁜아, 오늘 당장, 내 두려움을 향해

네 자신 있는 걸음, 확실한 걸음이 왔구나.

우리 자신에게서 탈피하자, 나란히 나란히.

장님이 될 때까지!

돌아오고 싶어 목놓아

울 때까지!

지금 우리 사이로

너의 사랑스러운 모습을 손으로

데리고 오렴.

그리고 함께 저녁을 먹고 삶의 한 순간을

두 개의 삶으로 만들자. 하나는 우리 죽음에 선사하고.

지금, 내게 오렴, 제발

무슨 노래라도 부르고

네 영혼 안에서 만지렴, 손뼉을 치면서.

다시 돌아올 때까지! 그때까지 안녕!

떠날 때까지, 안녕!

그 육신으로 태어나 괴로운 영혼

너는 내분비선 때문에 괴로워하는구나. 그게 보여,

아니 어쩌면

나 때문에, 활달한 편인데 말이 없는 내 명석함 때문에 괴

로운 건지도 모르지.

가까우면서도 먼, 어두운 안개가 있는 곳에 있는 너는

해맑은 유인원 때문에 고통받는다.

너는 몸[16]을 활짝 펴고, 영혼을 붙들고,

목을 단단히 여미고,

햇빛 아래서 한 바퀴 돈다, 그렇게 보인다.

아픈 데가 어디인지

네 엉덩이를 펄쩍 뛰게 하는 것이 무엇인지, 너 때문에

땅으로 새끼줄을 내려보내는 게 무엇인지 너는 안다.

너, 가엾은 인간은 살아 있다. 그걸 부인하지 마라.

네 나이에, 아, 이 시절에

죽는다 해도, 그걸 부인하지 마라.

너는 울고, 마시고, 피 흘리면서도,

너의 별종 송곳니, 슬픈 촛불, 네 몸 전체에

먹을 것을 준다.

불행한 원숭이,

다윈의 어린 것, 나를 감시하는 간수,

잔혹한 미생물인 너,

너는 고통받고, 괴로워하고,

다시 또 끔찍한 고통을 겪는다.

너는 그것을 너무 잘 알아서

잊고 산다. 그래서 울음을 터뜨린다.

너는 태어나버린 거다. 멀리서 봐도 불행해 보인다.

쉿, 조용히 해. 너는 이 운명을 준 거리를 참고 견디면서,

네 배꼽에게 이렇게 묻는다. 어디서? 어떻게?

여보게, 친구, 그게 니콜라스든 산티아고든,

누가 되었든,

지금은 38년이 이제 꼭대기까지 차오른 순간이네.[17]

너 자신이랑 있게나, 아니면 유산을 하거나,

아니면 나랑 있든지.

거대한 자유 안에서 포로가 된 너는,

네게서 자립한 헤라클레스에 의해 끌려가는구나.

그런데 네 손가락으로 둘까지 꼽아본다면,

그 상황은 더 악화되리라. 그걸 부인하지 마시게나.

아니라고? 맞다고? 아니라고?

가엾은 원숭이! 내게 발을 주렴. 아니, 손이라고 말하는 걸

실수했네. 자, 건배! 고통을 위하여!

산새들의 반대쪽[18]

계곡에 사는 산새들의

반대쪽,

여기, 어느 오후, 움직일 수 없는 오후.

강철 같고[19] 단호한

진실한 남자*가 배신의 손자들과 함께 왔다.

우리는 제자리에 있었다.

오른쪽 십자가에는 나무가 없고,

왼쪽의 못에는 쇠가 없다.

왼손잡이들**의 악수.

장님인 진실한 남자는 램프를 들고 왔다.

창백한 남자***를 만났고, 여기서는

화신(化身)을 충족시킬 수 있으리라 생각했다.[20]

---

*   레닌을 지칭한다.

**   좌파, 즉 공산주의자들을 지칭한다.

***   스탈린을 지칭한다.

아주 소박하게 위대한 존재*가 태어났다.

'이 멧비둘기는 내 소유물, 우리 것은 될 수 없다'와의

전쟁,

기획되고, 지워지고, 알을 낳고, 죽인 전쟁.

술 취한 사내가** 입으로 참나무를 가져갔다. 그는

참나무를 좋아했다. 그러나 참나무 부스러기는

증오했다.

망아지의 머리갈래를 땋고

권력자의 말갈기를 땋고,

노동자들이 노래했다. 난 정말 행운아다.

창백한 남자가 민중을 껴안았고,

술 취한 사내는 숨어들어가면서 우리에게 인사를 건넸다.

여기에서는 하루가 마감을 하고 있었으니,

*   민중을 지칭한다.

**   트로츠키를 지칭한다.

저 광장에게 이보다 더 소중한 시간이 있었겠는가!
그 사람들에게 이보다 더 좋은 해가 있었겠는가!
이 세기보다 더 강한 순간이 있었겠는가!

내가 말하는 것은 바로
이 시대에 일어난 것이고,
중국에서, 스페인에서, 세상에서 일어나는 일이다.
(월트 휘트먼은 부드러운 가슴으로 숨쉬는 남자. 그가
자신의 식탁에서 혼자 울 때 무엇을 하는지 아무도 모른다.)

그러나 이 시에서 적었듯이,
우리 문제로 돌아오자,
인간이 잘못 태어났고,
잘못 살았고, 잘못 죽었고, 잘못 죽어가고 있는 걸
목도한다.
당연히 진실한 위선자는 절망하고,
창백한 사람은 (늘 창백했지만)
이유가 있어서 창백한 거고,

술 취한 사람은 인간의 피와 동물의 우유 사이에서
쓰러지고, 다 주고, 떠나는 걸 택한다.

이 모든 것이
지금 막 이상스레 소용돌이치고 있다,
나의 사내 뱃속에서.

스페인이여! 나에게서 이 잔을 거두어다오

España, aparta de mí este cáliz*

---

*   1936년 7월 17일 모로코에서 공화파 정부에 반기를 든 프랑코의 쿠데
      타로 시작된 내전은 곧 국제전의 양상을 띠게 되었다. 프랑코는 파시
      스트 진영의 지원을 받았고, 공화파는 세계 각국에서 모여든 의용군
      의 지원을 받았다. 내전은 1939년 4월 1일 프랑코의 승리로 끝나며, 이
      후 스페인은 프랑코 독재기를 맞는다. 파리에 있던 바예호는 스페인
      내전에 깊은 상처를 받으며, 이를 총 15편의 시로 증언했다.

I. 공화파 의병에게 바치는 노래

스페인 의병이여, 신뢰의 뼈를 가진 전사,

네 심장이 죽음을 향해 나아갈 때,

전 세계의 고통을 지니고 죽음을 향해 나아갈 때,

나는 정말 무엇을 해야 할지 모른다.

어디 있어야 하는지. 그저 뛰고, 글을 쓰고, 박수 치고,

울고, 어슴푸레 짐작이나 하고 부술 뿐. 그들이 불을 끈다.

나는 내 가슴에게는 그냥 끝내라고, 선(善)을 향해서는 오

라고 말한다.

나를 불행하게 하고 싶다.

무감각한 이마를 벗고 피의 술잔을

만진다. 내가 멈추자,

나를 영예롭게 하는 동물을 영예스럽게 하시는

건축가의 그 유명한 넘어짐이 내 몸을 멈춘다.

내 본능이 그의 밧줄로 역류한다.

희열이 내 무덤 앞에서 연기를 피운다.

다시 한 번, 내 하얀 돌에서 뭘 할지 모르는 채,

아무것도 없는 상태로 있다. 나를 내버려둬,

나를 혼자

내버려둬. 네발짐승, 더 가까이, 아니 더 멀리.
내 손 안에 너의 긴 정체된 시간이 들어오지 않자,
양날을 가진 너의 민첩함 앞에서 나는 무너지고 만다.
위대한 옷을 입은 초라한 나!

어느 낮, 밝은 낮, 조심스러운 낮, 비옥한 낮,
오, 2년, 애원하는 음산한 시절의 2년,
그 기간, 화약은 팔꿈치를 물어뜯으며 전진했다.
오, 심한 고통, 더 고통스러운 돌밭!
민중이 몽둥이찜질로 만든 자갈!
그날 민중은 숨겨둔 성냥불을 켜고,
증오의 기도를 드리고, 자신의 권리를 완전히 찾고,
자신들의 손으로 생일잔치를 열었다.
독재자들은 이미 자물쇠를 끌고 있었고,
그 자물쇠에는 죽음의 박테리아가 있었으니…

전투? 아니지, 그건 열정이지. 희망의
철창을 가진 고통, 인간의 희망을 가진

민족의 고통이 전제되는 열정!

민중의 죽음과 평화의 열정!

올리브나무 사이에서 솟아난 투쟁적 열정과 죽음인 걸 우
린 알아야 한다!

바람은 너의 숨결 속에서 기후의 바늘을 바꾸고,

네 가슴에서 무덤의 열쇠를 바꾸고,

네 이마를 순교의 가장 으뜸가는 곳에 올려보낸다.

세상 사람들은 이렇게 외친다. "스페인 사람들의 문제야!"

맞는 이야기. 솔직한 마음으로 저울질을 해보자.

죽은 양서류 꼬리 위에서 잠든 칼데론*

아니면, 세르반테스가 "내 왕국은 이 세상의 것이지만

다른 세상의 것도 된다"라고 말한다면, 그것은 바로 두 장
의 종이 가장자리²가 된다.

고야**가 무릎을 꿇고 거울 앞에서 기도하는 모습을 생각해

---

*   Pedro Calderón de la Barca. 17세기 스페인의 극작가.

**   Francisco José de Goya. 스페인 사람들의 삶 속에 뿌리내린 삶의 서사

보자.

콜,* 잘 계산된 뜀질로

평지에서 구름 땀을 일으킨 용사,

케베도,** 다이너마이트 전문가들의 직속 할아버지,

카할,*** 작은 영원이 먹어치운 사람,

죽지 못해서 죽겠다는 테레사 수녀,****

한두 면에서 그녀와 비교되는 게 아닌 리나 오데나.*****

적 의미, 죽음의 서정적 개념을 그림으로 표현한 18세기 스페인 화가.

* Antonio Coll. 1936년 스페인 내전에서 다이너마이트로 팔랑헤당(黨)
의 탱크 2대를 폭파하며 전사한 인물로, 당시 공화파의 사기 진작에
상당한 영향을 미쳤다.

** Francisco Quevedo. 17세기 스페인 바로크 문학의 거장.

*** Santiago Ramón y Cajal. 20세기 전반에 뇌과학에 매진한 스페인의 신
경조직학자로 현대 뇌과학의 아버지로 불린다. 이어지는 '작은 영원'
은 뇌를 지칭한다.

**** Santa Teresa de Jesús. 16세기 스페인 황금시대 시인으로 맨발의 카르
멜 수도회를 창립했다.

***** Lina Odena. 바르셀로나 태생 양복점 점원으로 공산당의 청년부 사무
총장. 내전 초기 프랑코의 모로코 부대에 대항해서 투쟁했고, 팔랑헤
당에게 포위당하자 권총으로 자살했다.

(모든 행동, 천재적인 목소리는 민중에서 나오고

민중을 향한다. 직접적으로,

아니면 끊임없이 흔들리는 풀섶,

소득 없는 쓰디쓴 분홍 연기 암호를 따라서.)

이처럼, 그대들의 피조물인 용사, 움직이지 않는 돌 하나에

의해 동요된

창백한 피조물은

희생을 치르고, 떨어져 나가고,

위를 보며 무너지고, 아직 산화되지 않은 불꽃을 따라 올

라가고,

연약한 이들에게 닿을 때까지 올라간다.

용사들은 스페인 땅 조각조각을 황소들에게 나눠주고,

황소들은 이를 비둘기에게 나눠준다.

이 세상 때문에 죽는 프롤레타리아, 너의 위대함이 어떤

열광적 조화 안에서 끝날 것인가!

너의 불행, 너를 밀어내는 소용돌이, 너의 체계적인 폭력,

너의 이론적 사실적 카오스,

적을 배신한다 할지라도 사랑하려 드는 너의 욕망, 단테적
인 사랑,

지극히 스페인적인 사랑의 욕망이 어떻게 조화롭게 끝날
것인가!

사슬에 묶인 해방자,

그들의 노력이 없었다면 오늘까지도 그 사슬은 잡을 수 없
을 만큼 늘어났으리라!

대가리가 없는 못은 헤맬 것이고,

세월은 옛날 그대로, 느리고, 붉게 흘렀으리라.

묻히지 않는 우리들의 사랑하는 두개골!

다른 이를 위해 초록색 잎을 입은 농민,

새끼손가락을 걸어 약속한 사람,

뒤에 남은 황소, 너의 본성,

몽둥이에 묶인 너의 언어, 전세 낸 하늘,

피곤에 찌든 점토,

손톱 안에서 움직이던 점토!

영원한 작업, 개미 같은 작업을 하는 농업 건설자여,

민중이여, 무사여,

죽음으로 인해 그대들의 눈이 반쯤 감기면서

그대들이 빛을 만들 것이라고 적혀 있다.

그대들 입이 무겁게 열릴 때

일곱 쟁반에 담긴 풍요가 찾아오고,

세상에 있는 모든 것이 갑자기 금이 되니,

그대들의 피의 분비물을 구걸하는 기막힌 존재들도

바로 금으로 변하리라.

사람들은 서로서로 사랑할 것이다.

그들은 그대들의 서글픈 손수건 끝을 부여잡고 먹고,

그대들의 불행한 목의 이름으로 마실 것이다.

이 삶의 뜀박질을 뒤쫓다 쉴 것이고,

그대들의 삶의 궤적을 생각하며 흐느끼면서

자신들은 행복한 존재라는 걸 인식할 것이다.

그대들의 잔혹한 귀환, 본질적 귀환, 꽃피는 귀환의 그날,

자신들의 일, 자신들이 꿈꾸고 매일 노래했던

모습을 정할 것이다.

길도 없는데 스스로의 몸을 올라가는 자,
자신의 영혼의 틀까지 내려가는 자에게는
똑같은 신발이 어울릴 것이다.
벙어리들은 서로 엉겨붙어 말을 할 것이고,
몸이 마비된 사람들은 걸어다닐 것이다.
장님들은 돌아오는 길에 보게 될 것이고,
귀머거리는 가슴을 두근대며 귀를 기울일 것이다.
무지한 이들은 알게 될 것이고,
현인들은 무지해질 것이다.
그대들이 보낼 수 없었던 입맞춤이 보내질 것이고,
단지 죽음만이 죽으리라. 개미는
촘촘한 사슬로 칭칭 묶인 코끼리 짐승에게
빵 한 조각을 가져다 줄 것이고, 유산된 아이들이
다시 완벽히 태어나 자리를 잡을 것이다.
모든 인간들은 일할 것이고,
자식을 낳을 것이고,
남을 이해할 것이다.

노동자, 구원자, 우리를 속죄하는 이여!

이보시게 형제, 우리의 빚을 용서해주시게나.

북 하나가 아다지오 리듬으로 소리내며 이렇게 말한다.

네 등은 영원하다.

네 얼굴은 항상 변할 것이다.

이탈리아 병사, 그대들 싸움패 동물 사이에

아비시니아 사자* 한 마리가 절뚝대며 걷는다!

소련 의병, 세계를 품은 부대 앞에 서서

진군한다!

남쪽, 북쪽, 동쪽, 그리고 그대 서쪽의 의병들이

새벽을 울리는 음산한 노래를 끝낸다!

이름이 널리 알려진 군인, 그의 이름은

포옹 소리 안에서 행진을 한다.

이 땅이 먼지로 무장시키고 키워낸 무사,

*   무솔리니를 지칭한다. 1935년 무솔리니는 에티오피아 왕국을 침공해
       서 점령했다.

긍정적인 자석으로 신발을 만들어 신은 자,
그대 자신의 신념이 살아 있구나.
피부를 받쳐주는 부목,
성격은 다르지만 부목은 피부의 절친.
너의 언어는 어깨들을 넘어 돌아다니고,
영혼은 돌멩이 화관을 썼다.
냉대, 온대, 열대 출신 의병들,
전 지역의 영웅들,
승리자 대열의 희생자들,
스페인에서, 마드리드에서,
생명의 의병들, 그대들을 죽이려고
부르는구나.

스페인에서 저 작자들은
애를 죽이고, 잠자코 있는 그 애의 장난감을 죽이고,
자랑스러운 엄마를 죽이고,
큰 소리로 말에게 이야기하던 노인네를 죽이고,
계단에서 잠자던 개를 죽였다.

책을 죽이고, 조동사를 버렸고,

무방비 상태의 책 첫 페이지를 죽였다.

명확한 사유로 세워진 조각상을 죽이고,

현인을 죽이고, 그의 지팡이를 죽이고, 그의 동료를 죽이고,

옆에 있는 이발사를 죽이고,—내 머리를 깎아준 양반 같은데

어쨌든 선한 남자이나 불운했던 남자를 죽이고,

어제 앞에서 노래 불렀던 거지를 죽이고,

오늘 울면서 지나간 간호사를 죽이고,

오르막길이 힘들어서 무릎으로 걷던 신부를 죽였다.

생명의 의병, 선한 이들의 의병,

죽음을 죽이고, 악을 죽여라.

모든 이들의 자유,

착취당한 자와 착취하는 자의

자유를 위해서 그렇게 해라.

아프지 않은 평화,—그런데 내 부대 뒤쪽에서 잘 때,

특히 내가 소식을 전하며 돌아다닐 때,

나는 이 평화를 더욱 더 의심하게 된다—

나는 문맹자를 위해 이 글을 쓰고 있고,

그들을 위해 그렇게 하라고 줄기차게 말한다.

맨발의 천재, 그의 어린 양,

죽어간 동지들을 위해.

그들의 재는 죽음의 길을 껴안았다.

내가 잘된 꿈을 꾸었는데,

그게 바로 그대들, 스페인과 전 세계 의병들이 오고,

그대들의

피를 보기 위한 것이었다니…

이건 자랑할 만한 일이고, 기도하던 시대의

수많은 낙타, 수많은 열망이 이룬 일이다.

오늘 그대들의 들끓는 선(善)이 행진한다.

눈을 똑바로 뜬 뱀들도 그대들의 뒤를 열심히 따라가고,

한두 걸음 뒤에서는

끓기 전에 경계선을 보려고 물길이 내달린다.

II. 전투[*]

에스트레마두라^{**}의 사내,

그대의 발밑에서 이리의 연기(煙氣) 소리를 듣는다.

이리 무리에 속한 동물의 연기,

아이의 연기,

밀 두 톨의 외로운 연기,

제네바의 연기, 로마의 연기, 베를린의 연기,

파리의 연기, 고통스러운 너의 맹장 연기,

결국은 앞으로 나오게 될 연기.

오, 생명이여, 오, 땅이여, 오 스페인이여!

피의 무게들,

피의 길이들, 피의 액체들,

말 같은 피, 발의 피, 벽의 피, 직경이 없는 피,

---

* 　프랑코 반군은 1936년 8월 14일 밤에서 8월 15일 새벽까지 에스트레
　　마두라의 바다호스(Badajoz)의 투우 경기장에서 공화파 혹은 공화파로
　　간주된 사람들을 사살한다. 그 수는 수천에 이르렀으나, 내전이 프랑
　　코의 승리로 끝나면서 이 사건에 대한 조사는 제대로 이루어지지 못
　　했고, 2007년에서야 비로소 공식적으로 '대량학살'로 인정되었다. 사
　　망자 수는 학자에 따라 다르며, 대략 2천에서 4천 명으로 추정한다.

** 　Extremadura. 스페인의 한 지방으로 시인은 Estremadura로 적었다.

넷씩 등장하는 피, 물의 피,

살아 있는 피의 죽은 피!

에스트레마두라 사내여! 그대 생명을 끊어버린 그 남자가

없었다면, 죽음이 그대를 잉태해서 이리로부터 쫓기는

상태로 외롭게 내버려두지 않았다면, 어떻게 그대가

우리 가슴에 지금까지 농사를 지을 수 있단 말인가!

에스트레마두라 사내여! 촉각으로 감지되는 민중의

목소리와 곡식의 목소리에 있는 비밀을 아는 자여,

그 어느 것도 다른 뿌리로 넘어가려는

거대한 뿌리만큼 위대한 것은 없다.

팔꿈치를 고인 에스트레마두라 사내여, 은둔 속으로 물러

가는 영혼의 표상이여,

그대는 한 생명이 죽음 속으로 들어가는 것을

팔을 고이고 바라보는구나.

에스트레마두라 사내여, 그대 쟁기의 무게가 느껴지던 땅이

없었더라면, 이 세상에 두 시대 사이에 있는

멍에 색깔 외에 다른 색깔이 존재하지 않았더라면,

그대가 죽은 다음에 가축이 죽는 일은 없었으리라!*

에스트레마두라 사내여, 그대는 내가 이 이리로부터

그대를 바라보고, 그대가 고통받는 것을 보고,

그대가 모든 것을 위해 투쟁하는 걸 지켜보게 한다.

한 개인이 인간이 되도록,

사람들이 인간이 되도록,

온 세계가 하나의 인류가 되도록,

동물까지도 인간이 되도록,

말이 인간이 되도록,

뱀이 인간이 되도록,

독수리가 정직한 인간이 되도록,

파리가 인간이 되도록, 올리브나무가 인간이 되도록,

논두렁이 인간이 되도록,

---

* 스페인 공화파 정부는 토지를 농민에게 되돌려주려는 개혁을 시도했
다. 주민의 50%가 농민이었던 에스트레마두라에서는 이 법을 반겼고,
이에 대한 지주세력의 반감은 뿌리가 깊었다. 프랑코 반군은 공화파
에 호응했던 에스트레마두라 주민들을 반대파로 규정했다.

하늘이 모두 인간이 되도록 투쟁하는 걸.

그리고 탈라베라*에서 후퇴했다.

허기로 무장한 한 떼, 한 무리의 민중이 되어,

가슴에서 이마까지 무장을 하고

비행기도, 전쟁도, 원한도 없이.

그들의 뒤에 있는 패배,

죽을 정도로 영광의 상처를 입고

탄환 저 밑에서의 승리.

팔에서 발끝까지 먼지투성이가 되어,

악으로 인해 사랑하고

스페인 모든 땅을 이기면서.

더 후퇴하고, 그대들의 스페인을

어디에 놓을지 모르면서,

---

*   Talavera. 에스트레마두라 주의 바다호스에 속하는 소도시로 1936년 8
월 13일 프랑코 반군의 수중에 넘어갔다. 공화파 농민들은 무리를 지
어 탈라베라를 떠나야 했다.

지구의 입맞춤을 숨길 곳을 모르면서,

주머니에 있는 올리브 씨앗을 어디에 심을지도 모르면서.

여기서부터, 시간이 더 흐른 후,

이 땅의 시각에서부터,

사탄의 선(善)이 흘러나오는 비탄으로부터,

게르니카의 거대한 전투의 모습이 보인다.[*]

선험적 전투! 헤아릴 수조차 없는 전투,

평화 속의 전투, 연약한 육신을 향한 연약한 영혼의 전투,

가갸거겨도 제대로 되지 않고

기저귀에 익숙한 어린아이가

아무도 때리라고 하지 않았는데도

때리는 전투,

눈물을 뒤로하고 어머니가 외마디 소리로 때리는 전투,

---

[*]   Guernica. 스페인 북부 바스크 지방에 있는 소도시. 1937년 4월 26일
      공화파의 세력권에 있던 이 도시는 나치 독일 군대의 폭격을 받으며,
      이로 인해 이 도시 인구의 1/3에 달하는 1654명의 사망자, 889명의 부상
      자가 발생했다. 피카소는 이 사건을 〈게르니카〉라는 대작으로 남겼다.

환자가 자신의 약과 자식과 함께
병으로 때리는 전투,
노인이 그의 세월, 그의 몽둥이,
그의 흰머리로 때리는 전투,
성직자가 하느님의 이름으로 때리는 전투!
게르니카의 말없는 수호자들!
오, 힘없는 이들! 오, 착한 피공격자들!
그대들을 높이 올려
이 세상을 힘 있는 연약한 이들로 채워다오!

마드리드, 빌바오, 산탄데르에서
공동묘지들이 폭격당하고,
묘지에 묻힌 경계상태의 뼈들, 영원한 어깨를 가진
죽지 않는 시신들,
악랄하기 짝이 없는 만행을 보고, 느끼고, 듣고,
비겁한 공격자들을 죽은 것으로 보고, 느끼고, 듣는
죽지 않는 시신들은 끝나지 않은 고통을 다시 느꼈다.
이제 그들은 울음을 멈추고,

기다림을 멈추고,

고통을 멈추고,

삶을 멈추고,

결국, 죽은 자가 되는 것을 멈췄다.

먼지는 순식간에 아무것도 아닌 것이 되었다.

서로의 표식을 주고받고, 도장을 주고받고,

폭탄을 향해 한 걸음 두 걸음 옮겼다.

비행기를 향해 네발로 기었고,

묵시록 하늘을 향해 한 발짝 옮겼고,

일곱 개의 철광을 향해서도 또 다른 걸음을 옮겼다.

보잘것없는 무리, 정의의 무리, 집단의 무리, 영원한 무리.

아버지도 어머니도 없는 말라가,*

*   Málaga. 스페인 최남단의 지중해에 면한 말라가가 1937년 2월 8일 프
랑코 반군에 점령당한다. 이탈리아와 프랑코파의 군인들은 수많은 주
민들을 학살하고, 살아남은 주민들은 해안선을 따라 공화파의 수중에
있던 알메리아로 도주한다. 이탈리아와 독일 군대는 약 2주에 이르는

돌도, 화덕도, 하얀 개조차 보이지 않는 말라가!

방어조차 되지 않는 말라가, 거기서 내 죽음이 잉태되었고

나의 태어남은 고통으로 죽어갔다.

손에는 노른자, 머리카락 끝에는 흰자를 가진 비옥한 땅!

그러나 그대 발길을 따라 집단 이주가 감행되었다.

악 아래서, 비겁함 아래서, 움푹 팬 역사 아래서,

말로 할 수 없는 역사! 말라가! 그것은 카오스!

아버지와 아버지, 자식과 그 자식이

도망치는 말라가,

바다 해안선을 따라

납으로 된 구리를 뚫고

땅으로 기어가며 도망가는 땅,

그대를 사랑하는 저 깊은 곳에서 나오는

아, 그 명령을 따라.

몽둥이찜질 당하는 말라가, 불길한 응혈(凝血)의 말라가,

기간에 이들 민간인을 대상으로 해상과 공중에서 무차별 공격을 감행
하며, 이로 인해 약 4천 5백에서 6천 5백 명이 희생당했다.

도둑들이 점령한 말라가, 지옥의 말라가,

하늘의 말라가,

굳어진 포도주 위, 라일락 거품 위,

정체된 광풍 위, 라일락 위를

서로 죽이는 두 개의 갈비뼈에 박자를 맞추어,

떼를 지어 사방팔방으로 한 걸음 한 걸음 내딛는다.

얼마 안 되는 내 피의 말라가,

내 색깔은 저 멀리 떨어져 있고,

그대의 높디높은 영예를 향해

삶은 북을 치며 나아간다.

그대의 영원한 어린 자식들에게는 연을,

그대의 마지막 북에는 침묵을,

그대의 영혼에는 무(無)를 주는 삶.

말라가, 그대 이름을 지닌 채 가지 말아다오.

그대가 가버리면,

그대를 향해 모두가 한 마음이 되어

갈 것이니라.

규모가 변함없는 땅,

비옥한 농지, 그곳에 난 구멍,

병든 너의 곡괭이에 묶인 낡은 면도날,

망치에 묶인 그대의 나무,

이 모든 것에 미쳐버린 나!

말 그대로의 말라가, 그리고 여성적인 말라가,

네가 못이 박혀서 이집트로 도망을 간다.

고통 그 자체인 그대의 춤이 더 늘어난다.

이 지구의 규모가 그대 안에서 용해된다.

그대 물동이와 노래를 잃고, 그대 밖에 있는 스페인,

그대의 순수한 세계와 함께 피난을 떠난다.

권리 그 자체를 위해 사는 말라가,

생물원(生物園) 안에서는 더욱 더 말라가가 되는 말라가!

말라가,

그대 뒤를 쫓는 이리에 신경을 쓰고

그대를 기다리는 이리 새끼로 인해 이 길을 간다.

말라가, 나는 울고 있다.

울고, 또 운다, 말라가!

III

그는 커다란 손가락으로 허공에 이렇게 쓰곤 했다.

"동지들 만세! 홍 베드로.*"

미란다 데 에브로** 사람, 아버지이며 한 인간이었던 사람,

남편, 인간, 철도원, 사나이,

아버지, 위대한 인간, 베드로, 두 죽음의 주인공.

바람 종이! 그를 죽였다. 가거라!

육신의 펜! 그를 죽였다. 가거라!

동지들 모두에게 빨리 알려라!

그의 나무가 걸려 있는 통나무,

*   스페인 내전에서 죽어간 모든 이를 상징하는 인물에게 Pedro Rojas라
는 이름을 붙였다. '베드로'는 '반석', 굳은 믿음을 뜻하고 '로하스'는
'붉다'는 뜻이다. 그런 이유로 '로하스'를 紅(붉을 홍)으로 옮겼다. 시인
은 '만세'를 Viva라고 쓰지 않고 Viba라고 썼다.

**   Miranda de Ebro. 스페인 중부 카스티야 지방에 있던 소도시로 스페인
내전 동안 프랑코 반군이 정적 공화파를 수용하기 위해 만든 집단수
용소가 있던 곳이다. 1937년에 건설된 이 수용소는 1947년에 폐쇄되
었다. 이 수용소와 유사한 타 지역 수용소들은 그 전에 폐쇄되었다.

그를 죽였다.

그의 커다란 손가락 밑에서 그를 죽였다!

베드로를 죽였다. 홍 선생을 죽였다.

몸으로 글을 쓴 허공, 베드로의 머리맡에 있는

동지들 만세!

영웅, 순교자인 홍 선생,

베드로의

내장을 파먹는 ㄷ으로 시작하는 독수리³의 ㄷ만세!

사망자 명단에 그의 이름을 올리면서

사람들은 놀랐다.

이 세상 영혼에게는 지나치게 거대한 그의 몸,

그의 윗도리에서 찾아낸 죽은 숟가락.

베드로도 이 땅의 모든 이들처럼

제 몸의 분신들과 먹고, 씻고,

식탁을 칠하고, 다정하게

살던 사람이었는데…

옷에 넣어 다니던 숟가락은

그가 잘 때에도 늘 깨어 있었는데…

죽어서 살게 된 숟가락, 그것이 상징하는 바,

모든 동지들에게 신속히 알려라!

동지들이여! 숟가락 밑에서 만세를 영원히 부르자!

그를 죽였다, 베드로를, 홍 선생을

노동자, 인간이었던 그를 죽게끔 만들었다.

하늘을 바라보며 아주 조그맣게 태어난 사내아이,

자라면서 자신의 성씨처럼 빨갛게 물들었고,

조직, 동지들과 함께, 배고픔, 사소한 것을 위해 아직도

못다 한 투쟁을 하던 사람! 그를 가볍게 죽였다.

그의 아내의 머리칼 사이에서,

아궁이 불을 지피는 시간에, 총탄이 오고 가던 해에,

모든 게 이제 막 이루어지려는 때에.

홍 베드로는 죽은 다음에 일어났고,

피 묻은 자신의 영구대에 입을 맞추고,

스페인을 위해 울었다.

그리고 다시 허공에 이렇게 썼다.

"동지들 만세! 홍 베드로."

그의 시신은 전 세계를 품었다.

IV

걸인들이 스페인을 위해 투쟁한다.

파리, 로마, 프라하, 런던, 뉴욕, 멕시코에서

자신들이 사도들의 발길임을 입증하면서,

두 손을 모아 간구한다.

거지들은 산탄데르*를 위해

하느님께 간구하며 투쟁하느라 아우성을 쳐댄다.

아무도 패배하지 않는 싸움.

그 옛날부터 겪어온 고통,

그네들은 사람들의 발길, 사회의 납덩이에 눌려

피눈물을 흘려왔다.

거지라는 사실 자체만으로도

신음하며 공격한다.

걷는 부대⁴는 위를 향해서는 무기를,

---

*   1937년 8월 14일부터 9월 17일까지 스페인 북부의 산탄데르(Santander)
에서 전투가 벌어지며, 공화국 정부군 6만여 명을 포로로 사로잡은 프
랑코 측의 완벽한 승리로 끝난다.

좀 더 이쪽으로는 분노가 만들어내는

맹렬한 폭탄을 기원한다.

현관 바닥에서, 바로 자신의 내면에서, 아! 바로 거기서 죽음의 사슬로

잠자코 총알을 퍼붓는 말없는 부대.

양말 없이 천둥 신발을 신은

위대한 병사들,

그 숫자 한없이 늘어나고, 사탄이 되어,

허리춤에는 빵부스러기 매달고

자신들의 명예를 이끌고 나아간다.

총부리를 두 배로 만든 총, 피 그리고 피.

시인은 무장을 한 그대들의 고통에 경의를 표하노라!

V. 스페인의 죽음 이미지

저기 간다! 불러! 옆구리다!

죽음이 이룬*으로 지나간다.

아코디언 같은 죽음의 발걸음, 욕,

내가 네게 말했던 저들의 옷 길이,

내가 차마 말 못했던 저들의 무게… 그들이 진짜라면 말이다.

불러! 서둘러! 내가 자기를 어디서 쳐부술지 아는 양,

내 꾀가 뭔지, 내 끔찍한 암호, 내 그럴싸한 법칙을 아는 양,

소총으로 나를 찾아다닌다.

불러! 죽음이 맹수 사이의 인간인 것처럼 걷는다.

우리가 방어벽에서 잠들어 있을 때,

우리 발을 팔로 엮고

흔들대는 꿈나라 문 앞에 서 있다.

* Irún. 프랑스 접경지에 있는 북부 지방 소도시. 1936년 8월 27일부터 9
  월 5일까지의 전투에서 프랑코 반군이 승리했다. 프랑코는 프랑스와
  의 육로를 차단함으로써 공화국 부대의 무기 이동로를 효율적으로 봉
  쇄했다.

외쳤다! 외쳤다! 타고난 감각적 소리를 내질렀다!

나무 사이에서 넘어지고 동물에게서 멀어지는 꼴을 보고,

우리가 말하는 걸 들은 다음,

수치심에서 외치는 양. 죽음이다!

우리들의 가장 거대한 관심거리에 상처를 주는 죽음!

(동지, 그의 간은 내가 네게 말한 적 있는 그 핏방울을

만든다네, 그러고는 이웃의 영혼을 먹어치우는 거지.)

불러! 적의 탱크 발치까지

그 죽음을 따라가야만 한다.

죽음이란 힘에 의존하는 존재,

죽음의 원칙과 목적은

내 환상의 으뜸가는 곳에 잘 새겨놓았지.

죽음이 너도 아는 평범한 위험을

겪는다 해도,

나를 모르는 척한다 해도.

불러! 폭력적인 죽음은 하나의 존재가 아니라

지극히 순간적인 사건이야.

공격할 때에는 자신의 방식을 던지지,

소박한 군중에게 던져, 행운의 노래나 궤도조차 없이,

죽음은 자신의 겁 없는 시간을 명확하지 않은 치수로 던져,

그 조용한 무게는 마구잡이 박수를 향해 던져지지.

불러! 분노에 차서 얼굴을 드러내고 죽음을 부르면

무릎 세 개를 질질 끌고 오게 하지.

때로 내가 숨을 쉬는데도 느끼지 못하듯,

그 무릎들은 아프다 보니 수수께끼 같은 지구의

편린도 찔러댈 때가 있어.

불러! 서둘러! 시커먼 광대뼈[5]가 코냑을 들고

나를 찾으러 와.

아코디언 같은 발걸음, 욕.

불러! 내가 울면서 붙들고 있는 죽음의 줄을 잃어버리면
안 돼.

동지여, 저 위에 있는 그의 고통, 내 먼지의 고통!

중사여, 저 위에 있는 그의 고름, 내 지배 권력의 고름!
저 아래에 있는 그의 자석, 아, 내 묘지의 자석!

VI. 빌바오* 함락 후의 행진

형제! 상처를 입고 죽은 형제! 진실한 남자, 공화주의자,
너의 이름 높은 척추가 쓰러진 이후,
사람들이 너의 왕국에서 활보한다.
바람 앞에 온 힘을 다해 정진하느라 늙어버린 창백한
너의 앙상한 세월 안에서 저자들이 활보한다.

양쪽의 고통 속에 있는 무사여,
앉아서 들어라, 네 왕좌 바로 옆에 있는
막대기 발치에 그냥 누워라,
그리고 몸을 돌려라.
이상한 새 이불깃이 있다.
형제여, 저들이 다닌다, 돌아다닌다.

저들이 말했다. "어떻게! 어디서!"

*   Bilbao. 스페인 북부 바스크 지역에 위치한 지리적, 산업적으로 중요한
         도시. 1937년 6월 13일부터 19일까지 벌어진 전투에서 프랑코 반군이
         승리를 거두었다.

비둘기 흉내내는 몸짓을 해가면서.

애들은 울지도 않고 네 먼지로 올라간다.

에르네스토 수니가, 손을 모두고 잠들어라,

이념도 모두고,

평화 속에서, 전쟁의 평화 속에서 쉬어라.

생명을 잃을 정도로 상처받은 동지,

기병 동지,

인간과 맹수 사이를 오가는 말 동지,

드높은 너의 뼈들, 우울한 그림을 그리는 뼈들이

스페인다운 화려한 의식을 만드는구나,

고귀하기 짝이 없는 넝마로 월계수를 만든 화려한 장식.

에르네스토, 앉아라,

너의 복숭아뼈에 하얀 털이 나오는 순간부터

저들이 여기 네 왕국에서 돌아다니는 소리를 들어라.

무슨 왕국?

네 오른쪽 신발! 네 신발의 왕국!

VII

동지들, 여러 날,

수많은 날, 바람이 공기를 바꾼다,

땅은 경계선을 바꾸고

공화파 총은 위치를 바꾼다.

여러 날, 스페인은 스페인처럼 지낸다.

여러 날, 악이

궤도를 움직이고, 잠깐 멈추고,

그들의 눈에 귀를 기울이느라 눈을 마비시킨다.

여러 날, 벌거벗은 땀으로 기도 드리면서

공화파 군인들은 인간에 기댄다.

동지들, 세상은, 세상 사람들은

여러 날, 아니 죽을 때까지 스페인 편에 선다.

여러 날, 총알이 여기서 죽었다.

육신은 영혼이 되는 순간 죽었고,

그 영혼은 이미 우리의 영혼이 되었단다, 형제들.

여러 날, 하늘은 낮의 하늘,

거대한 발의 하늘이 되어버렸다.

히혼*의 여러 날,

히혼의 수많은 날들,

히혼의 수많은 시간,

히혼의 수많은 땅,

히혼의 수많은 인간,

히혼의 수많은 신,

아! 히혼의 수많은 스페인,

동지들,

여러 날, 바람이 공기를 바꾼다.

*   Gijón. 스페인 북부에 있는 도시. 1936년 7월 19일부터 8월 21일까지 이 도시는 프랑코 반군에 동조한 군인들에 의해 포위상태에 있었으 며, 결국 이들의 수중에 넘어갔다.

VIII

여기,

라몬 코야르,*

자네 가족은 새끼줄을 이어 이어

계승되리.

자네가 저쪽, 마드리드의 마드리드 전선에서

일곱 개의 칼**을 방문하는 동안.

라몬 코야르, 마부,

군인, 한 장인의 사위까지 된 사람,

남편, 아득한 시절의 '사람의 아들'***과 이웃하는 아들!

*   시인이 죽은 병사에게 붙인 이름. '라몬(Ramón)'은 라마(rama, 줄기)의
      증대사로 '거대한 줄기'를 뜻하며, '코야르(Collar)'는 '목걸이'다. '커다
      란 목걸이 줄'이라는 이름을 통해 시인은 공화국을 위해 투쟁하던 농
      민들의 단결을 상징했다.

**   7개의 고통을 겪은 성모를 지칭하면서, 농민들이 성모처럼 고통받고
      있음을 상징한다. 성모의 고통은 시므온의 예언, 이집트 피난, 아들을
      성전에서 잃은 사건, 아들이 십자가를 진 것, 아들의 죽음, 아들을 십
      자가에서 내린 것, 아들을 무덤에 묻은 것이다.

***   예수를 가리킨다.

고통의 라몬, 그대, 용감한 코야르,

마드리드의 열사, 사내대장부 우리 라몬,

여기

자네 가족은 자네 머리 스타일을 많이 궁금해하네.

울고 싶어 몸부림치는 이들, 흐르는 눈물.

북소리에 맞추어 걸어가며, 자네 황소 앞에서

말을 한다. 땅에 누운 황소.

라몬! 코야르! 여보게! 상처를 받았더라도

죽으면 안 되네. 죽음의 길로 가지 말게!

여기,

자네의 비범한 능력은 상자 속에 들어 있다네.

여기,

자네의 시커먼 바지는 혼자 다니다

세월이 흐르면 사라질 줄 안다네.

여기,

라몬, 늙으신 자네 장인,

당신 딸을 보실 때마다 자네를 그리워하시네.

여기서 사람들이 자네 고기를 먹었다는 걸 알려주겠네.
자네 가슴도
모르고, 자네 발도
모르는데,
머릿속으로는 먼지를 풀풀 내던 자네 걸음을 생각하면서.

그들은 신께 기도했네.
여기,
자네 침대에 앉아, 자네의 침묵과
자네 물건들 사이에서 큰 소리로들 말했지.
자네 쟁기를 누가 가졌는지 모르겠네.
누가 자네에게 갔는지, 누가 자네 말을 찾으러 갔는지…

라몬 코야르! 어쨌든 자네 친구가 여기 있네.
신의 아들인 자네는 살아야 하네! 죽이고 편지하게!

IX. 공화국의 한 영웅에게 바치는 연도(煉禱)

망자의 허리춤에 남겨진 책 한 권,

책 한 권이 그의 주검에서 다시 싹을 틔운다.

영웅을 데려갔다.

그의 크고 불길한 입이 우리의 숨 속으로 들어왔다.

언덕을 오르면서, 모두들 땀을 흘렸다.

달은 우리를 쫓아 걸었다.

망자도 슬퍼서 땀을 흘렸다.

톨레도* 전장의 책 한 권,

뒤에 남은 책, 위에 남은 책이 주검에서 싹을 틔운다.

말할까 말까 사이에 끼인 자주색

뺨을 가진 시,

그의 마음을 동반할 자줏빛

---

* Toledo. 마드리드 근처에 있는 역사적 도시로 내전 초기 공화파 군인
   들은 성을 포위했고, 이 상황은 프랑코의 아프리카 주력부대가 도착
   하며 종료되었다.

편지에 담긴 시.

그저 책이 남았을 뿐,

무덤에는 벌레도 없다.

그의 소매 끝에 붙은 공기는

젖어서 증발될 뿐, 영원히.

모두들 땀을 흘렸다, 언덕을 오르면서.

망자도 슬퍼서 땀을 흘렸다.

책 한 권은 내 마음을 시리게 한다.

책 한 권, 뒤에 남은 책, 위에 남은 책.

갑자기 옛 주검에서 트는 싹.

X. 테루엘* 전장의 겨울

물로 씻은 권총에서 물이 떨어진다!
아라곤의 초저녁에 생긴
물의 광물적 은총,
바로 그때
솟아오르는 풀들,
타오르는 식물들, 역동적인 나무들.

바로 그때
화학작용으로 생기는 조용한 가지,
머리카락에 있는 포탄의 가지,
분주히 오가는 자동차에 고하는 이별의 가지.

인간은 그렇게 답했다, 죽음에게,
앞으로 바라보고 옆으로 들으며.

---

* Teruel. 동부 아라곤 주의 주도. 1937년 12월 15일부터 1938년 2월 22일
  까지의 전투는 초기에는 공화파에게 유리했으나 결국 프랑코의 승리
  로 끝난다.

물은 피와는 정반대로 물이고,

불은 재와는 정반대로 두려움에 떠는 이를 딱딱 맞추게 한다.

눈[雪] 아래로 가는 이 누구? 그들이 죽이고 있나? 아니.

순간

삶은 자신의 두 번째 밧줄을 잡아당기며 지나간다.

전쟁은 끔찍한 것, 분노하게 만드는 것,

전쟁은 인간을 길게 만들고, 눈을 퀭하게 만들고

무덤을 주고, 쓰러뜨리고,

유인원을 괴상하게 도약하도록 만든다.

정신을 딴 데 두느라

시신 사이에 있는 너의 팔을 네가 밟을 때

동지, 너는 완벽히 그 냄새를 맡는다.

네가 너의 성기를 만지자, 얼굴이 붉어졌고, 그 순간 너는

그를 본다.

천성이 군인인 너의 입 속에서 그의 소리를 듣는다.

동지, 가자,

너의 준비된 그림자가 우리를 기다린다.

병영 안의 네 그림자가 우리를 기다린다.

낮에는 대장, 밤에는 말단 병사…

내가 이 고통에 대해 말하자, 너는 큰 소리로

'내 시신이 저 아래에 있어'라고 외치고

내게서 떨어져나간다. 난 그저 울 뿐이다.

XI

시신을 보았다. 확연히 빨라진 죽음,
아주 느리게 진행되는 영혼의 혼란,
살려고 몸부림치는 것을 보았다. 그의
두 입술에는 단절된 시대가 그려졌다.
군번을 대라고 외쳤다. 조각난 숫자!
가족을 대라고 외쳤다. 그것도 헛것!
총알에 대해 물었다. 죽어버린 총알!

그의 소화기관은 그대로인데,
헛되이 뒤에 남은 정신의 혼돈.
그래도 사람들은 그에게 말을 시켰다. 그러자
시신은
비밀리에 일순간 이승으로 돌아왔다.
그러자 사람들은 그의 머리에 청진기를 댔다. 날짜!
그리고 귀에 대고 울부짖었다. 날짜를 대!

XII. 대중

전투가 끝나고,
한 사람이 죽은 전사에게 다가옵니다.
"죽지 마! 내가 너를 얼마나 좋아하는데!"
그러나 죽는 사람은 그냥 죽어갑니다.

두 사람이 와서 말했습니다.
"우리 두고 가지 마! 힘 내! 다시 살아나!"
그러나 죽는 사람은 그냥 죽어갑니다.

스물, 백, 천, 오십만의 사람들이 와서 절규합니다.
"이렇게 많은 사랑도 죽음 앞에서는 소용이 없구나!"
그러나 죽는 사람은 그냥 죽어갑니다.

수백만 명이 모였습니다. 그리고 애원했습니다.
"형제여, 여기 있어줘!"
그러나 죽는 사람은 그냥 죽어갑니다.

그러자 전 세계 만민이 몰려와 그를 에워쌌습니다.

감동을 받은 슬픈 시신은 그들을 보았습니다.

그리고 천천히 일어나

맨 처음에 온 사람을 껴안았습니다. 그리고 걸어갔습니다.

XIII. 두랑고* 잔해에 바치는 장송의 북소리

스페인에서 오르는 먼지 아버지,

하느님께서 당신을 구원하고, 자유롭게 하고, 왕관을 씌워
주시기를,

영혼에서 오르는 먼지 아버지.

화약에서 오르는 먼지 아버지,

하느님께서 당신을 구원하고, 신발을 신기시고, 왕좌를 주
시기를,

하늘에 계신 먼지 아버지.

연기의 증손자인 먼지 아버지,

하느님께서 당신을 구원하고 영원을 향해 오르시기를,

연기의 증손자인 먼지 아버지.

*   Durango. 스페인 북부 바스크 지방의 도시. 1937년 3월 31일 이탈리아
        공군의 무차별 폭격을 받았다. 이 폭격으로 인해 두랑고 시내는 폐허
        로 변했고 약 250명이 사망했다. 대부분은 성당에서 미사를 드리던 중
        이었으며 그중에는 신부, 봉쇄수녀단의 수녀들도 포함되어 있었다.

의인들이 종말을 맞는 먼지 아버지,

하느님께서 당신을 구원하고 땅으로 내려보내시기를,

의인들이 종말을 맞는 먼지 아버지.

종려나무 사이에서 자라나는 먼지 아버지,

하느님께서 당신을 구원하고 가슴을 덮어주시기를,

허무의 공포이신 먼지 아버지.

쇠로 만든 먼지 아버지,

하느님께서 당신을 구원하고 인간의 모습을 만들어주시기를,

끓는 피로 행진하는 먼지 아버지.

하층민의 신발인 먼지 아버지,

하느님께서 당신을 구원하고 신발의 끈이 풀어지지 않게
하시기를,

하층민의 신발인 먼지 아버지.

야만인들이 몰아내는 먼지 아버지,

하느님께서 당신을 구원하고 신들에게 당신을 묶어주시기를,
원자(原子)들이 호위하는 먼지 아버지.

민중의 시신을 덮는 천이신 먼지 아버지,
하느님께서 당신을 악에서 영원히 구하시기를,
우리의 아버지, 우리의 스페인 먼지 아버지.

미래를 향하는 먼지 아버지,
하느님께서 당신을 구원하고, 당신을 인도하고, 당신에게
날개를 주시기를,
미래를 향하는 먼지 아버지.

XIV

스페인이여, 스페인 자신으로부터 너를 보호해라!

망치가 없는 낫을 조심하고,

낫이 없는 망치도 조심해라!

희생자라 해도 조심하고,

사형수라 해도 조심하고,

무관심한 자라 해도 조심해라!

새벽닭이 울기 전에 너를 세 번

부정할지도 모를 사람,

후에, 세 번이나 너를 부정한 자를 조심해라.

정강이뼈가 없는 시신,

시신 없는 정강이뼈도 조심해라!

새로이 권력 잡은 이를 조심해라!

너의 시신들을 먹고

살아 있는 자들을 죽여서 먹는 자들을 조심해라!

충신은 백퍼센트 조심해라!

바람 이쪽 편 하늘도 조심하고

하늘 저쪽 편 바람도 조심해라!

너를 사랑하는 이들을 조심해라!

너의 영웅들을 조심해라!
너의 시신들을 조심해라!
공화국을 조심해라!
미래를 조심해라!

XV. 스페인이여! 나에게서 이 잔을 거두어다오

세상 아이들아!

스페인이 무너진다면, 아니, 그저 해보는 말이다마는,

만일

고삐로 묶여진 두 개의 대륙판을 부여잡은

앞팔이 아래로 떨어진다면 말이다.[6]

애들아, 오목한 이마는 몇 살이나 먹었을까?

밝은 세상에서 얼마나 일찍 너희들에게 말한 건지!

늙은이가 하는 말이 너희들 가슴에 얼마나 빨리 담겨진 건지!

공책에 쓴 너희들의 2자가 얼마나 오래된 건지!

세상 아이들아!

어머니 스페인이 배를 쭉 깔고 누우셨다.

우리 스승이 부목을 대고 계신 거야.

우리 어머니, 우리 선생님은

십자가와 나무가 되어버렸어. 너희들에게 고소공포증,

분열, 합산을 가르쳐주었기 때문이지.

소송 중에 계신 아버지들은 선생님과 함께 계신단다.

무너진다면, 그냥 해보는 말이다마는, 만일
스페인이 땅속으로 떨어진다면,
얘들아, 너희들은 성장을 멈추게 될 텐데!
해는 달을 막 야단칠 텐데!
이빨은 10개만 남고,
이중모음은 막대기에, 메달은 눈물 속에 있게 될 텐데!
큰 잉크병에 다리를 묶인 채 있을
새끼 양은 어쩌고!
어떻게 알파벳 계단을 내려와
고통의 고향인 글자까지 온단 말이냐!

얘들아,
전사들의 아이들아, 그동안에라도
목소리를 낮추렴. 스페인은 지금 이 순간에도
동물의 왕국, 꽃, 연, 인간 사이에서
힘을 쪼개고 있단다.
목소리를 낮추렴. 스페인은
커다란 시련을 겪고 있단다. 어찌할 바도

모르는데, 손에 있는

해골들은 말을 한다, 말을 해.

저 머리 많은 해골,

저 살아 있는 해골.

애들아, 목소리를 낮추라니까.

소리를 낮춰. 너희들의 노래, 물질의

흐느낌, 피라미드의 작은 소리, 게다가,

두 개의 돌을 들고 걸어가는 소리까지 들린단다.

숨을 죽이렴.

앞팔이 내려오면,

부목이 소리 나면, 밤이 되면,

하늘이 두 땅의 명부(冥府)에 들어오면,

문에서 어떤 소리가 나면,

내가 늦으면,

너희들이 아무도 보지 못하면,

심 없는 연필이 너희들을 놀라게 한다면,

어머니 스페인이 무너진다면, 그냥 해보는 말이다마는

만일 그리되면, 얘들아, 어머니를 찾으러 나가야 해!

옮긴이 주

『검은 전령』에 수록되지 않은 시들

1 19세기 말 중남미에서 태동한 모데르니스타 문학운동의 특징인 색채감이 두
드러지는 시로, 1915년 11월 13일 트루히요의 『라 레포르마La Reforma』지에
실렸다.

2 1917년 8월 『쿨트라 인판틸Cultura Infantil』 33호에 발표한 시로 역시 모데르
니스타의 특징인 색채감, 보석 '루비'를 은유로 등장시킨 점이 두드러진다. 후
에 시인은 이 시를 바탕으로 『검은 전령』에 수록된 「나의 형 미겔에게」를 쓴다.

검은 전령

1 원문은 golpes(충격). 여기서는 물리적 충격이 아닌 심리적 충격을 뜻한다.

2 원문은 potros de bárbaros atilas(야만 아틸라족의 망아지). 여기서 '아틸라'는 무
모할 정도로 용감하고 잔인한 종족을 통칭한다.

3 원문은 pan que en la puerta del horno se nos quema(빵이 오븐 문 앞에서 탄다).
다 된 일이 마지막 순간에 수포로 돌아갈 때 사용하는 표현이다.

4 나뭇가지 아래에 걸린 만월(滿月)을 가시면류관을 쓴 예수의 모습에 비교하고
있다. 모데르니스타의 특징인 보석 '에메랄드', '오팔'이 각각 '희망'과 '별'의 은
유로 쓰였다.

5 무르기아(Murguía)라는 성만 알려진 여인으로, 시인과의 교분은 없었다고 한다.

6 '석양'을 상징한다.

7 모데르니스타가 중시했던 색채감과 운율의 음악성이 많이 드러나는 작품.

8 원문은 niño-jesús(예수아기). 연인을 성모 마리아에 비교하고 있으나, Jesús라
는 대문자 대신 소문자를 사용함으로써 성모 마리아가 아닌 하나의 여인임을

분명히 암시하고 있기 때문에 '아기 예수' 대신에 '예수아기'로 옮겼다.

9 원문은 floricida. 시인이 만든 신조어로 flor(꽃)에 '살해'의 접미사 -cida를 합성했다.

10 원문은 a lo largo de un muelle(부두 전체에서). '부두'는 '침대'를 상징하며, 침대에 몸이 눕혀 있는 상태를 말한다.

11 원문은 crespones(배롱나무). 그러나 제목의 '버드나무'와 연결지어 가지가 흔들리는 모습으로 옮겼다.

12 원문은 verónica(베로니카 같은). 베로니카는 십자가를 지고 가던 예수의 얼굴을 수건으로 훔쳐준 여인이다.

13 원문은 sin dulce(달콤함 없이). 2행의 '달게'와 대비된다.

14 원문은 ópalo(오팔). 보통의 오팔은 거의 색상이 없다.

15 대부분 노란색이나, 안데스 지역에는 보라색 겨자꽃이 있다.

16 원제의 관람석(palco)은 극장의 1층과 2층 중간 높이에 있다. 인생이라는 '좁은 관람석'에서 시인은 편안히 자리잡은 다른 사람들과 달리 좌불안석으로 살아간다.

17 제목이 「De la tierra(지구)」로 명기된 전집도 있다.

18 바예호가 미르토(Mirtho)라고 불렀던 소일라(Zoila Rosa Cuadra)와의 사랑을 모티브로 쓴 시.

19 원문 piafan(발버둥치다)는 동물에 사용하는 단어로, 육체적 사랑에 대한 시인의 생각이 드러난다.

20 원문은 Mama. 여기서는 잉카족의 신화에 등장하는 대지의 모신 마마 오크요(Mama Ocllo)를 지칭한다.

21 원문은 enrosarían(로사리오를 만든다). rosario(로사리오)를 동사로 만든 신조어로 '원을 그리며 춤을 추는' 행위를 지칭한다.

22 원문은 Apóstol(사도). 여기서는 농부들의 수호성인인 성 이시도르를 뜻한다.

23 침략자 스페인 사람들에 의해 훼손되었음을 의미한다.

24 안데스 지역의 색.

25 원문은 dondonea('돈돈'하다) don은 남성의 이름 앞에 붙이는 경칭으로 '나리'
   에 해당한다. 인디오들은 모든 백인 남성의 이름 앞에 '돈'을 붙이는 습관이
   있다. 시인은 '돈돈'이 주는 음성학적인 효과를 종소리에 비유하고 있으며, 동
   시에 인디오들의 상투어인 '나리'를 통해 백인의 억압 속에서 살아온 그들의
   삶을 엿보게 한다.

26 원문은 junco y capulí(갈대와 카풀리 열매). 갈대junco는 우리나라의 갈대와 달
   리 단단하며, 카풀리는 검은색 과실이다. 이 두 어휘는 늘씬하고 까만 눈을 가
   진 안데스 산악 지역 사람을 묘사할 때 쓰이는 전형적 표현이다. 일례로, 케추
   아어로 된 안데스 지역 민요의 'capulí ñawi markamasi'는 '까만 눈의 고향 아
   가씨'이다.

27 원문은 Bizancio(비잔틴). 당시에는 '현란한 대도시'를 지칭했다. 여기서는 페
   루의 수도 리마를 가리킨다.

28 가톨릭 신자들이 입술에 십자가를 그리는 것을 말한다.

29 원문은 panes tantálicos. 여기서 tantálicos는 그리스신화 탄탈루스Tantalus를
   시인이 형용사로 만든 것이다. 탄탈루스의 머리 위에는 과일이 있으나, 과일
   을 먹으려면 과수나무가 자라고, 물을 먹으려면 호수물이 말라버리는 형벌을
   받은 것을 비유하고 있다.

30 안데스 산촌의 겨울 아침은 이슬과 서리로 시작한다. 따라서 모든 사물은 아
   침을 마시며 산다.

31 어머니를 모신 관이 소나무로 만든 관이었으며, 그마저도 송진이 그대로 묻
   어 있는 값싼 것이었다. '잘못된 과실'은 남겨진 자식들을 상징한다.

32 시인의 어머니와 누나의 이름이 마리아였으며, 이들은 바예호가 젊을 때에
   죽었다. 그러나 당시 시인을 가장 괴롭힌 '마리아'는 1918년 폐병으로 죽은
   마리아 로사 산도발(María Rosa Sandoval)이다.

33 원문은 paca-paca. 올빼미과에 속하는 새이나 야행성은 아니다. 울음소리가
   '파카파카'라고 해서 페루에서는 이 이름으로 부른다.

34 허리가 휘어진 늙으신 부모를 가리킨다.

35 바예호의 바로 위 형 미겔은 1915년 젊은 나이에 죽었고, 트루히요에서 졸업 논문을 준비하던 바예호는 장례식 후에 소식을 접했다.

36 원제 enereida는 1월인 enero에 버질의 서사시「아이네이스Eneida」를 합성시켜 시인이 만든 신조어이다. 여기서 1월은 1919년 1월로, 시인의 어머니는 1918년에 사망했다.

37 원제는 espergesia로 신조어이다. 혹자는 esperanza(희망)과 génesis(창세기)의 합성어로 보고, 혹자는 siempre la misma cosa(항상 똑같은 일)이라는 의미의 수사학적 표현이라고도 한다. 또 혹자는 재판에서의 '선고'를 뜻한다고도 한다. 그러나 이 시는『검은 전령』의 마지막 시로, 첫 시「검은 전령」이 신에 대한 원망과 회의를 보여주듯, 세상을 알게 해준 신에 대한 원망을 담고 있다는 의미를 감안해서 제목을「같은 이야기」로 옮겼다.

38 모세가 십계명을 받은 시내 산에서 본 불꽃 속의 하느님의 음성.

트릴세

1 해석의 여지가 상당히 많은 작품으로, 감방에서 간수의 감시 하에 용변을 보는 장면이라는 주장, 1917년 12월 30일 시인이 최초로 배를 타고 리마로 올 때의 단상이라는 주장이 있다.

2 원문은 tarde. 명사로는 '오후, 초저녁'이나 여기서는 관사가 없으므로, 부사 '늦게'로 볼 수 있다. 안데스인들이 스페인어에 관사를 붙이지 않는 경우가 많다는 것을 감안해서 명사로 옮겼다.

3 원문은 calabrina로 사전에는 없다. 이 단어에 대해서는 'cadáver(시체)' 혹은 'calabera(해골)'와 연결을 지어 '영혼 없는 시신'으로 보기도 하고, '시신에서 나는 악취'로도 본다.

4 시인은 대변이 나오는 모습을 악보의 내림표 'b'에 비교하면서, 오후 6시의 형상과 연결시키고 있다.

5 삶의 단조로움, 변화가 없는 어제 오늘의 삶, 특히 감방에서의 지겨운 일상을 노래한 것으로 추정되는 이 시에는 여러 가지 해석의 가능성을 낳을 수 있는

신조어가 많다. 특히 문법과는 어긋나는 표현 등은 평론가들이 갑론을박하는 원인이 된다.

6 원문은 relente(서늘한, 이슬 맺힌). 평론가들 사이에서도 여러 설이 있으나 여기서는 감방에 난 창문, 그마저도 나무로 사이사이가 막힌 창문을 통해 들어오는 적은 빛으로 인해 정오가 서늘하게 느껴진 것으로 해석해 옮겼다. 실제로 바예호는 창문이 거의 없던 지하 감방에 수용되어 있었다.

7 '상처 주는'의 원문은 heriza로 신조어이다. 이것은 herida+eriza(상처+곤두선)로 추정된다. '이름은?'의 원문은 ¿Qué se llama?로 정확한 어법은 ¿Cómo se llama?이다. 시인은 의문부사 cómo 대신에 의문대명사 qué를 사용함으로써 flama(화염, 불꽃)의 변형인 llama를 연상하게 만든다. 즉, 이것은 ¿Cómó se llama (la flama) que nos hiere?(우리에게 상처를 주는 불은?)으로 유추될 수 있다. '이 하동문'의 원문은 Lomismo(똑같은 것). 위의 유추로 본다면, 이 문장은 Se llama (soy) Yomismo, que parezco un hombre, ser vivo con nombre.(그건 나 자신, 이름을 가진 인간)으로 해석될 수 있다. '이히름'은 원문 nombrE의 마지막 철자가 대문자인 점을 감안해서 옮겼다.

8 원문은 flecos de dulces(사탕을 실은). dulce(사탕, 단 것)은 바예호 시에서 '희망'과 연결되는 어휘다. 우물 안에 남아 있는 배들은 다음날 또 놀 생각을 하며 즐거워한다.

9 『트릴세』에서 가장 난해한 시의 하나로 간주된다. 혹자는 '삼위일체'에 주목해서 철학적인 의미를 강조하고, 혹자는 시를 낭송했을 때 확연히 대비되는 모음들에 주목한다. 그러나 바예호의 많은 시에서 성(性)에 대한 부분이 함의임을 간주한다면 이 시 역시 그런 측면에서 이해할 수 있다. 일례로 '쌍떡잎식물', '아이!', '오!', 1이나 0같은 아라비아 숫자들은 성의 이미지로 유추될 수 있다.

10 원문 ohs de ayes는 감탄사 oh와 ay의 복수형태다. '오'는 기분 좋은 놀라움의 표시인 감탄사, '아이'는 슬플 때, 절망할 때의 감탄사이다. 시인은 반쯤 열린 모음인 /o/와 열린 모음과 닫힌 반자음으로 구성된 이중모음 /ai/의 대비를 통해 반쯤 열린 공간과 닫혀가는 공간을 상징하면서, 동시에 바로 직전의 '시

작된 종말'과 관련지어 시작과 끝을 표현하고 있다. 이것은 또한 육체적 사랑에 대해 시인이 가졌던 긍정적, 부정적 사고를 암시하기도 한다.

11 신조어인 'avaloriados'를 사용했다. avalorar(가치를 매기다, 힘을 느끼다) 혹은 avalar(보증하다)와 관련이 있는 것으로 유추되며, 여기서는 첫 번째 개념을 가져왔다.

12 원문 mañana는 '내일'을 뜻하는 부사로 평론가들은 '내일'과 '입었던'이라는 과거 시제의 혼용을 개혁적 시 성향의 하나로 단정짓는 경향이 있다. 그러나 mañana는 '아침'을 뜻하는 명사가 될 수 있다. 물론 '아침'일 경우, 정관사 la를 붙여야 하나, 바예호의 시어들이 안데스 산촌 사람들의 말투를 재현한 경우가 허다하므로, 그들이 흔히 관사를 생략하는 습관을 이해한다면, 충분히 '아침'을 뜻하는 것으로 이해할 수 있다.

13 원문 trasmañanar las salvas en los dobles(조종 안에 있는 축포를 내일로 옮기다)는 여러 가지 해석을 낳을 수 있다. 번역은 두 남녀의 사랑이 저녁에 시작되어 밤 12시를 넘긴다는 맥락으로 옮겼다.

14 페루에서는 한 해의 마지막 날 밤에는 폭죽을 터뜨리며 즐기는 풍습이 있다. '터지는 폭죽들은/반신불수다.'라는 표현에서 '터지는 폭죽'은 어떤 일이 산화될 때에 쓰는 표현으로, 폭죽이 반신불수라는 것은 제대로 산화되지 않았음을 의미한다. 시인이 이 시의 시점으로 잡은 것은 1920년 12월 31일이고, 그때에는 감옥에 있을 때였으므로, 여인과의 사랑은 상상 속에서만 이루어졌을 것이다. 이런 의미에서 본다면 육체적 절정은 반쪽의 절정이었음을 유추할 수 있다.

15 원문은 esotro로 신조어이다. 이것은 eso+otro(그것+다른)의 합성어, 혹은 es+otro(-이다+다른 것)의 합성어가 될 수 있다.

16 원문 hifalto는 많은 해석을 낳는 어휘이다. 이것은 gerifalte(매과에 속하는 새)로 '힘 있는 새'를 지칭할 수도 있고, hiato+falto(히아투스+결여)의 합성어, 혹은 allí+falto(거기+결여)의 합성어로 볼 수도 있다.

17 원문은 Vusco volvvver로 철자법에 맞추어 쓴다면 Busco volver가 된다. B 대신

에 V를 씀으로써 시각적으로 여체를 연상하게 하며, volver의 v를 여러 번 반
복함으로써 어떤 행위가 길게 일어남을 암시한다. 이 표현은 2연에서는 Busco
volvver, 3연에서는 Fallo bolver 등으로 변형된다. 이 점에 충실하기 위해 '시이
이퍼진다' '시이버진다' '실패헌다' 등으로 비틀어 옮겼다.

18 원문은 avía. 바른 철자로는 había다.

19 원문은 múltiples. '서른두 개의 전선'과 관련지어 '병렬로 늘어진'으로 옮겼다.
이것은 여체의 은밀한 부위의 체모를 지칭하는 것으로 볼 수 있다.

20 원문은 envetar. 신조어로 veta(광맥)을 동사로 만든 것으로 유추된다.

21 원문은 vaveo. babeo(침 흘리기)를 비틀어 쓴 것이다.

22 원문은 arzonamos. arzón(안장 틀)을 동사로 만든 신조어.

23 원문은 prima(사촌). 그러나 안데스 지역에서는 혈연관계가 없어도 'tío(아저
씨, 삼촌), 'tía(고모, 이모)'로 부르는 전통이 있다는 것을 감안한다면, 친족관계
는 아니다. 시인의 친구들은 상대방이 '거리의 여자'라고 증언했다.

24 남성의 성기를 상징한다.

25 원문은 sin hacia. 각각 sin(…없이, 전치사)와 hacia(…향하여, 전치사)로 문법에
어긋나는 표현이다.

26 남성의 성기를 상징한다.

27 평론가들은 1을 사랑의 행위와 관련지어 해석하기도 하고 다리를 형상화한
것으로도 본다.

28 위의 1을 다리로 본다면, 용변을 보기 위해 다리를 벌린 모습을 형상화한 것
일 수도 있다.

29 여체의 가장 은밀한 부분을 상징한다.

30 '비숍'의 원문은 alfiles로 alfil(체스의 비숍)의 복수형이다. 비숍의 윗부분은 남
성의 성기와 흡사하다. '난쟁이 풀'의 원문은 cadillos de lupinas parvas(키 작은
루피나 풀들)로 체모를 상징한다.

31 원문은 se ennazala. 신조어로 nasal(비음)을 비튼 것으로 판단했다.

32 원문은 desde las islas guaneras hasta las islas guaneras(이 과노섬에서 이 과노섬으

로). 과노섬은 새똥으로 뒤덮인 하얀 섬을 뜻한다.

33 원문 grifalda는 신조어로 grifo(취객, 곱슬머리) 혹은 grifalto(옛날에 사용된 작은 구경 대포)라는 설, 일종의 '매'라는 설이 있다.

34 원문은 callandas로 신조어. callada(무언의)를 비튼 것으로 보인다.

35 원문은 vagoroso로 신조어이다. vagaroso(방황하는) 혹은 vigoroso(힘 있는)를 뜻할 수 있으며, 여기서는 전자의 의미로 옮겼다.

36 오후 2시는 점심 식사 후의 낮잠인 siesta가 시작되는 시간이다.

37 원문 sangre(피)는 안데스 지역에서는 '생기 있는 활력적'이라는 의미로 사용된다.

38 원문은 el diminutivo(축소사). 페루의 스페인어에서는 축소사를 사용해서 친근감, 애정을 표시한다.

39 원문은 quítame allí esa paja(거기 그 덤불을 좀 치우다오). 안데스 지역에서는 '아주 사소한 것', '별 것도 아닌 것'이라는 의미로 사용된다.

40 원문은 tilde. 문장 부호 '~', 즉 스페인어 단어 ñ의 위에 붙은 기호. 마리네라 춤에서는 손수건을 든 손의 움직임, 발장단이 중요하다. 시인은 발을 구르는 것을 마침 점으로, 손수건을 든 손의 움직임을 부호 '~'로 은유하고 있다.

41 이 시의 연인이 오틸리아라면, 당시 바예호가 교장을 맡았던 학교가 재정난에 시달리게 된 것은 '내 일'이고, '소녀의 일'은 나와의 결혼을 고집했던 것을 의미한다.

42 '피아노'는 시 쓰기 작업을 은유적으로 표현한 것으로 보는 평론가들이 많다.

43 단순한 요리사를 지칭할 수도 있고, 시인의 상상 속에서 떠나간 연인이 점심을 해주던 기억을 떠올리는 것일 수도 있다.

44 원문은 púnicas, 로마와 카르타고의 푸닉 전쟁을 가리키는 어휘이다.

45 원문은 ella, 즉 3인칭 단수로 여성을 지칭한다. 이것은 동전(la moneda)을 지칭할 수도 있고 '여성'을 지칭할 수도 있다.

46 성경에 나오는 오병이어(伍餠二漁)의 기적을 연상시킨다.

47 원문은 grittttos로 grito(고함)을 비틀어 썼다.

48 원문은 en guiños(윙크를 하면서)로 문이 빼꼼하게 열렸다 닫히는 모양을 표현하고 있다.

49 이른 새벽 공기를 '애기 공기'로 표현하고 있다.

50 원문은 buenos con b de baldío, (…) v dentilabial. '아침인사 Buenos días. 의 [b]를 [v]로 틀리게 발음한다.'

51 두뇌의 전두엽을 안팎으로 묘사한다. 밖에 해초 같은 머리칼이 있고, 그 안은 약초가 필요했던 두뇌, 아직 완성되지 않은 시구가 저장된 곳이다. '초목'의 원문은 toronjil로, 민트의 일종이다.

52 죽음과 시 창작의 과정을 동일시하고 있다. 수요일은 일주일의 중간에 있는 날로, 그동안의 모든 시어들이 정련되어 거를 것은 거르고 통과시킬 것은 통과시킨다. 그러고 나면 이르게 되는 죽음, 즉 시 창작의 완성은 기대와 고통을 함께 안겨준다.

53 질서가 전혀 없는 삶을 상징한다.

『트릴세』 초기 본에 수록되지 않은 시들

1 이 시는 1919년 5월 리마에서 쓴 것으로 되어 있으나, 이에 대한 평론가들의 의견은 엇갈린다. 이 날짜를 쓴 사람이 바예호가 아닐 가능성이 있기 때문이다.

2 원문은 Cualquieraparte. cualquier(어떤 -라도)와 parte(장소)를 합성한 신조어.

인간의 노래

1 재판정의 판사 판결문 어투를 사용해서 선고 이유에 해당하는 거의 모든 연을 현재분사로 시작하고, 마지막 선고에 해당하는 연인 마지막 연만 동사를 사용했다.

2 원문은 palito로 palo(막대기)의 축소사이다.

3 '검은색'을 불행과 연관지어 '불운을 가져오는 나귀'로 보기도 하고, '무지몽매, 완벽한 무식'으로 보기도 한다.

4 원문은 subjuntivo(접속법의). 접속법은 확실한 사실에 근거하는 직설법과 달

리, 가정을 전제로 하는 막연한 것, 불안한 것을 의미한다.

5 '작은 거주지'를 의미하며, 이것은 감방을 상징할 수 있다.

6 원문은 documento(서류). 다윈의 진화론의 모든 기록을 지칭.

7 원문은 al natural(자연 그대로). '희망'에 아무런 군더더기가 붙지 않은 상태.

8 동전을 상징하는 것으로 추정된다.

9 자신의 피부색, 즉 하얀색을 자랑하며 사는 이들을 지칭.

10 원문은 sánchez. 산체스는 가장 흔한 성이며, 시인은 이 성을 소문자로 써서
보통명사화 했다.

11 동그란 형태의 약을 의미할 가능성이 많다.

12 진정제와 링겔을 의미.

13 원문은 muela moral de plesiosaurio(공룡의 어금니). moral(도덕적)은 molar(어
금니부분)의 철자를 의도적으로 오기한 것으로 보인다.

14 여기서는 종이류, 즉, 처방전과 같은 것을 의미.

15 원문은 me encebollo(나 자신에게 양파를 준다). 양파를 썰 때 우는 것을 뜻한다.

16 원문은 juanes corporales(육체적 후안들), 여기서 소문자로 쓴 후안은 보통명사
로, 일반적인 남자의 이름을 통칭하는 것으로 보인다.

17 이 시를 쓴 것은 1937년 11월로, 이제 곧 1938년이 된다는 걸 말하고 있음.

18 러시아 혁명과정을 보면서 시인은 자신의 현실을 되돌아본다. 산새들이 사
는 곳은 시인의 현실, 그 반대쪽은 혁명이 일어나는 곳들.

19 원문은 metaloso. metal(광석)과 형용사 어미 –oso를 합성해서 만든 신조어.

20 '화신(化身)'은 정치적 이상을 지칭한다.

스페인이여! 나에게서 이 잔을 거두어다오

1 '신'을 지칭한다. 신은 때때로 'Gran Arquitecto del Universo(우주의 위대한 건축
가)'로 불린다.

2 이것도 저것도 불가능한 상황을 말한다.

3 원문은 b del buitre(b로 시작하는 buitre).

4 원문은 infantería(보병부대). 여기서는 정규군이 아닌 일반인들이 걷는 모습을 군대에 비교했으므로, 군대용어를 사용하지 않았다.

5 원문은 'pómulo moral'. 직역하면 '도덕적 광대뼈'. 그러나 moral은 시인이 mora(오디)를 형용사로 만든 것으로, '오디'의 검붉은 색을 상징하는 것으로 유추된다.

6 시인은 그리스 신화의 아틀라스를 생각하고 있다. 즉 스페인은 제우스의 노여움을 산 아틀라스가 손과 머리로 하늘을 떠받치라는 형벌을 받은 곳이다.

생에 대한 비극적 사고,
그러나 인간에 대한 깊은 연민과 희망

1915년부터 시를 쓴 바예호의 첫 시집은 『검은 전령』(1919년 7월, 그러나 시집에 적힌 출판년도는 1918년). 두 번째 시집은 전위주의 색채가 강한 『트릴세』(1922년)이며, 사후에 출판된 시집들이 『스페인이여! 나에게서 이 잔을 거두어다오』(1939년 1월)와 『인간의 노래』(1939년 7월)이다.

이 선집은 『희망에 대해 말씀드리지요』(1998, 문학과지성사)에 수록된 시들을 부분적으로 수정하고, 아직 번역되지 않은 시들을 추가로 번역한 것으로, 미수록 시 4편, 『검은 전령』에서 43편, 『트릴세』에서 36편, 『인간의 노래』에서 24편, 『스페인이여, 나에게서 이 잔을 거두어다오』 전체 15편을 모았다.

46세라는 젊은 나이에 세상을 떠났기 때문에 그의 시는 다른 시인들과 비교해 많지 않은 편이다. 그럼에도 불구하고 그가 세계문학사에 남긴 궤적은 너무도 뚜렷해서 호르헤 루이스 보르헤스, 파블로 네루다, 옥타비오 파스와 더불어 20세기 중남미를 위시한 세계문단 전역에 상당한 영향을 미친 것으로 평가된다. 특히 '시인'으로서의 바예호와 네루다는 동시대에 파리를 무대로 활약했으며, 중남미 시단의 거장으로 평가받았다는 공통점이 있다. 이로 인해 두 시인은 살아 있을 때에도 비교의 대상이었으며, 이 비교는 바예호가 세상을 떠난 후에도 이어져 네루다는 그의 시집『에스트라바가리오』에서 바예호를 의미하는「V」라는 제목으로 시를 쓰면서, 둘을 비교하는 이들을 맹렬히 비난하기도 했다. 누가 더 훌륭한 시인인가 하는 평가는 보는 이의 관점에 따라 다를 수밖에 없다. 분명한 것은 삶과 성격 자체가 달랐기 때문에, 자신의 내면세계를 표출하는 방법도 달랐다는 것이다. 긍정적이고 낙천적이며, 경제적으로 큰 고통을 겪지 않은 네루다와는 달리 바예호는 늘 가난했으며, 병약했고, 그로 인해 부정적이고, 비관적일 수밖에 없었을 것이다.

인간은 죽기 위해 태어난 존재라는 인식에서 출발하는 삶에 대한 비극적 사고, 신에 대한 원망, 피붙이들에 대한 그리움, 소외된 인간에 대한 깊은 애정, 절망 속에서도 희망을 향한 집념은 시인의 독특한 개혁적 시 쓰기 방식을 통해 표출되고 있다. 이를 자세히 살펴보자.

1. 삶에 대한 비극적 사고

1) 고통으로 얼룩진 삶

시인에게서 가장 먼저 감지되는 것은 삶에 대한 비극적 시각으로 이것은 시인 자신의 삶과 밀접한 관련이 있다. 가난한 시골 마을 태생으로 학업을 위해 어린 시절부터 고향을 등졌고, 늘 궁핍했고, 억울한 누명으로 감옥에 갇혔고, 체포의 두려움 속에서 은둔생활을 했고, 유럽에서 겪은 외로움으로 인해 시인의 삶에는 늘 어두운 그림자가 드리웠다.

시인은 자신이 세상에 태어난 것 자체에 대해 부정적인 인식을 보여준다. 『검은 전령』에서는 스스로가 "손에 닿은 것을 어쩌다 잡은"(「거울 목소리」) 존재일 수도 있으며, 다른 사람의 몫을 빼앗아서 사는 존재가 아닐까 하는 죄의식으로 괴로워한다. 그래서 "내 몸의 뼈 주인은 내가 아니다./어쩌면, 훔친 건지도 모른다./아니면 다른 이에게 할당된 것을/빼앗은 건지도 모른다./내가 태어나지 않았더라면,/나 대신에 다른 가난한 이가이 커피를 마시련만./나는 못된 도둑… 어디로 가야 한단 말인가."(「일용할 양식」)라고 토로하고, "나는 신이/아픈 날 태어났습니다./아주 아픈 날."(「같은 이야기」)이라면서 자신이 태어난 것 자체가 신의 실수일 것으로 간주한다.

1920년 리마에서의 교사생활을 접고 고향을 방문한 시인은 그곳에서 발생한 방화사건의 주범으로 몰리고, 트루히요로 도피를 하나 결국 체포되어 1920년 11월 6일 감방에 갇힌다. 문우들과 학생들의 탄원에 힘입어 1921년 2월 26일, 112일 만에 풀려나지만, 그곳에서의 경험은 시인의 마음에 깊은 상처를 남긴다. 『트릴세』「I」은 배를 타고 여행을 하면서 주변 풍경을 단상으로 읊은 것으로 보이나, 대부분의 평론가들은 감방생활 중에서 가장 어려웠던 배변 시간에 대해 이야기하는 것으로 평가한다. 가장 편해야 하는 순간에도 감시를 받아야 하고, 다른 동료들의 질타를 겪어야 했던 시인은 "누가 저렇게 시끄럽게 떠들고 뒤에 남는/섬들에 대해 이야기도 못하게 하는 건지."라면서 불만을 표한다. 「II」는 변화가 전혀 없는 감방 생활의 단조로움을 읊은 것으로 추정된다. 총 4연으로 구성된 이 시는 첫 행과 마지막 행을 동일한 단어로 각기 두 번, 네 번 반복한다. 1연에서 시인은 병영에서 물을 푸는 펌프가 삐걱대는 단조로운 소리가 '시간tiempo'이라는 소리로도 들린다는 점과 무심하게 흘러가는 '시간'을 동시에 겨냥한다. 2연의 '그랬지 그랬지.' 역시 새벽녘이면 어김없이 반복되는 수탉의 노래를 연상시키고, 3연의 '내일 내일.'은 할 일 없이 보내는 '휴식'이 내일도 지속될 것이라는 것, 4연의 '이름 이름'은 늘 똑같은 주변 사물의 동일한 명칭이 주는 지겨움을 토로한다.

시인은 또 「희망에 대해 말씀드리지요」에서 제목과 달리 "그저 단지 고통스러울 뿐입니다." "오늘은 저 마음속 깊은 곳에서부터 괴로워하고 있습니다. 오늘은 단지 고통을 겪을 뿐입니다." "어쨌든, 오늘 나는 괴롭습니다. 오늘은 그저 괴로울 뿐입니다."라며 삶 자체에 대한 고통을 호소한다. 삶의 고통은 자살의 충동으로 이어진다. 실제로 자살을 시도한 적도 있었던 시인은 "내 전신을 이리저리 만지면서, 내 말 뒤에 숨어 있는/혀에 한 방을 쏠까 하다가 그만두었다."(「오늘처럼 인생이 싫었던 날은 없다」)라고 고백한다. 「배고픈 사람의 수레바퀴」에서 시인은 "나에게는 빵 한 조각조차 배당되지 않는단 말인가?/내가 지금까지 살아왔던 그대로 살아갈 수는 없다./그러니, 내가/앉아 쉴 돌을 달라./내가 기댈 빵 한 조각을/달라."고 절규한다. 파리 생활의 불완전한 의사소통 역시 시인을 괴롭혔다. 모국어가 아닌 프랑스어로 의사소통을 해야만 하는 불편함 때문에 시인은 "스페인어로 마시고, 먹고, 살고, 쉴/그 어떤 것을/달라./그러면 나는 떠나겠다."라고 외친다. 「오늘처럼 인생이 싫었던 날은 없다」에서 시인은 파리의 병원을 보면서 "저 옆 병원에서 정말 많이 아파서 고생깨나 했지."라고 회상한다. 영양실조였던 시인은 결국 어렸을 때 앓았던 말라리아로 유명을 달리한다.

『검은 전령』의 서시 「검은 전령」에서 시인은 인간이 겪는 고통을 "신의 증오가 빚은 듯한 고통"으로 인식하며, "죽음의 신이 우리에게 보내는 검은 전령"에 비유한다. 인간은 죽기 위해 태어난 존재라는 사고방식은 죽음이라는 피할 수 없는 운명을 지고 살아가는 인간의 한계, 인간이 가진 비극성을 절감하기에 충분하다. 시인은 삶 자체에 대한 의구심을 갖고, 죽음이 어느 길목에서 기다리는지조차 모르는 불쌍한 인간에 대해 깊은 연민을 느낀다. 결국 산다는 것은 죽음을 향한 하나의 과정이며,

삶에서 겪는 고통은 죽음을 예고하는 것이고, 그런 의미에서 삶은 부조리한 것이라는 결론에 이른다. 『트릴세』 「VIII」에서 시인의 '내일'은 1연에서는 '또 다른 날'로, 2연에서는 '또 그 어떤 날'로, 3연에서는 '내일이 없는' 날로 정의된다. 인간이 산다는 것은 내일이 있기 때문이며, 내일이 있다는 것은 희망을 주는 표식이다. 그러나 시인에게는 어제와 오늘, 그리고 이어지는 내일에 대한 기대마저 없다.

2) 죽음

삶에 대한 비극적 시각을 심화시킨 것은 가까운 이들, 특히 가족의 죽음이었다. 11남매의 막내였던 바예호가 겪은 세 사람의 죽음은 인생에 대한 비극적인 시각을 갖도록 만들기에 충분했다. 가장 먼저 겪은 죽음은 바로 위의 형 미겔의 죽음이었고, 그 뒤를 이어 모친을, 그 이듬해에는 누나 마리아와 영원한 이별을 하게 된다. 시인은 '죽음'이 그 어느 순간에라도 자신을 찾아올 것을 안다. 죽음의 '환영'은 실제로 시인이 겪은 일화에 잘 나타난다. 바예호의 친구 에스페호 아스쿠리사의 회고를 보자.

"바예호가 고향에서 1920년 8월 1일 발생한 화재와 살해 혐의로 자신에게 내려진 체포영장을 피하려고 트루히요 만시체에 살던 친구 안테노르 오레고 집에 숨어 지내던 어느 날 밤, 환영을 보았는데, 그로 인해 수많은 날을 공포에 떨고 괴로워했다. 그는 이렇게 말했다. "난 분명히 깨어 있었는데, 그 어느 순간 두 손을 모으고 부동의 자세로 누워 있는 내 모습을 보았지. 그래서 보니 내가 죽어 있었어. 내 침대를 에워싼 사람들은 한 번도 본 적이 없는 낯선 사람들이었는데, 그 사람들 가운데에 어떤 낯선 여자가 검은 옷을 입고 있더군. 그런데 저쪽 좀 어두운 데에서 시커먼 허공이 틀을 만들고 있었는데 거기서 어머니가 튀어나오시더니 내게로 뛰어오시면서 미소 띤 얼굴로 나한테 손을 내미셨어. 거기가 파리라고들 했는데, 분위기가 평온하고, 잔잔하고, 눈물도 없었지." 바예호는 방 다른 쪽에서 자고 있던 안테노르 오레고를 깨웠다. 안테노르가 그건 악몽에 불과하다고 진정시키려 했는데, 바예호는 아니라고 했다."*

자신의 죽음을 환영으로 본 시인은 늘 영원한 이별을 염두에 두었고, 심지어 그 이별을 친숙하게 느끼면서 일견 기다리기도 한다.「버드나무」에서는 "이제 곧 떠날 시간./오후의 이별을 예고해주는/구슬픈 노래 소리."를 들으면서, "새벽녘에 나는 울면서 떠나리라."고 다짐하고, 역시 자신의 장례식을 "환영으로" 본다.「시인이 연인에게」의 1연과 2연에서는 "오늘밤 당신은 십자가에 못박히셨습니다./나의 입맞춤은 두 개의 널빤지 위로 쏟아졌지요./당신의 고통은 내게 일깨워주었습니다. 예수께서/우셨음을, 입맞춤보다 더 달콤한 수난의 금요일이 있음

---

  * Espejo Asturrizaga, Juan. César Vallejo itinerario del hombre, 1892-1923. Lima, Edit. Juan Mejía Baca, 1965, pp. 97-98

을.//당신이 그리도 많이 나를 바라보았던 이 이상한 밤./죽음
의 신은 온몸으로 즐겁게 노래를 불렀지요."라고 노래한다.

시인은 사실 자신의 죽음을 예견했다.「흰 돌 위의 검은 돌」
에서 "비가 억수로 쏟아지는 파리에서 죽겠다./ (…) /어쩌면 오
늘 같은 가을날 목요일일 거다." "세사르 바예호는 죽었다. 바
예호가 아무 짓도/안 했는데도 모두들 바예호를 때린다."라고
읊었으며, 그 시에서 읊은 대로 그는 1938년 4월 15일 예수 수
난주일 목요일 파리에서 의식불명 상태가 되며 금요일에 세상
을 떠났고, 그 금요일에는 비가 내렸다. 그때 그의 곁을 지킨
사람은 꿈속에서 본 낯선 여자였던 부인 조르젯이었다.

시인의 '비'는 죽음과 밀접한 관련이 있다. 위의 시에 등장하
는 '비'는「배설」에서도 등장한다. "오늘 오후 비가 내린다, 이
렇게 내린 적은 없었는데./ 그대, 난 정말 살고 싶지가 않다.//
오늘 오후는 다정하다. 다정하지 않을 이유가 있나?/그대, 은
총과 고통의 옷을, 여인의 옷을 입으렴." 죽음과 연관된 또 다른
시어로는 '영원한'이 있다. 우리가 살아가고 있는 세계는 잠시
머무는 세계로, '영원한' 세계, 즉 죽음 저 너머의 세계를 향한
여정일 뿐이다. 사후 세계는 바로 주검이 누워 있는 무덤 속 세
계이다. 따라서 "무덤은 달콤"한 것이며, 그 속의 어둠 역시 평
안을 주고, 그 안에서 인간 모두는 "사랑의 범세계적 약속 안에
서 합쳐지는 법."이다.(「영원한 부부침대」)

3) 에로스—비극적 현실의 탈출구

시인은 비극적 현실의 탈출구를 여성에게서 찾는다.『검은 전령』「먼 그대」의 산촌 마을 소녀 '리타'는 이웃집 소녀였던 마르티나일 수 있다. 시인은 1915년 5월 2일 형 미겔에게 보낸 편지에서 타향살이의 외로움을 토로하며 "나한테 손수건을 주었다고 말한 적 있었던 이웃에 사는 호리호리하고 가무잡잡한 조그만 소녀 소식을 전해줘. 뭘 하는지, 어떻게 사는지, 다른 사람을 통해서라도 들은 이야기가 있으면 형이 편지할 때마다 좀 알려줘. 그 아이가 많이 생각나고, 매일 밤 그 아이 꿈을 꿔. 어쩌면 그래서 내가 슬픈 건지도 몰라."라고 말했다. 바예호 연구가인 이스키에르도 리오스에 따르면 이 이웃집 소녀가 시인이 자신을 '리타'로 불렀다는 것을 인터뷰에서 밝혔다는 것이다.[*] 그러나 시인과 가까웠던 친구들은 리타가 형 빅토르의 딸 오틸리아였을 가능성을 제기한다. 조카 오틸리아를 향한 시인의 사랑은 단순한 혈육에 대한 사랑이 아닌 '금지된 사랑'이었다. 또 다른 '금지된 사랑'은 스페인 신부 산티아고 카스티요의 숨겨둔 여인이었던 가비나였다.[**]

여인들과의 만남, 사랑은 트루히요에서의 대학생활 내내 지

---

[*] Izquierdo Ríos, Francisco. Cesar Vallejo y su tierra, Villanueva, 3a. ed. 1972, pp. 105-108

[**] Mart, Steven M. César Vallejo, Tamesis Books, 2013, p. 36

속된다. 시인이 미르토Mirtho라고 불렀던 소일라Zoila, 플라토닉하게 사랑했던 무르기아Murguía라는 성을 가진 여인들이 시인의 뮤즈였다. 성년기 사랑은 육체적 탐닉을 동반하게 되며, 이 탐닉은 곧 후회로 이어져서 『검은 전령』 「잘못된 시간」에서는 "사랑하는 순결, 내 눈은 결코/그 순결을 즐기지 못했다. 부조리한 순결!"이라며 안타까워하고, 「9월」에서는 이미 헤어진 사랑하는 여인과의 만남을 12월에 추억하면서, 여인이 자신에게 "다정해서는 안 되었어, 안 되었지."라면서 왜 열락의 순간, 자신이 슬펐는지 이해할 수 없다고 고백한다.

『검은 전령』의 몇몇 시에서 엿볼 수 있었던 에로스적 사랑 표현은 『트릴세』에서 좀 더 대담해진다. 1918년 교사로 근무하던 학교 동료의 처제인 오틸리아는 시인의 리마 시절 뮤즈로, 이 시집의 상당 부분은 그녀와 관련된 일화로 채워졌다. 시인은 「VI」에서 "아침에 입었던 옷은/오틸리아 아줌마가 빨지 않았다."라며 그녀의 이름을 밝힌다. '검은 눈동자'를 가진 '친절한 구릿빛 여인'은 곧 시인의 '영혼의 세탁부'가 된다. 그러나 시인이 결혼을 원하지 않았으므로, 오틸리아의 가족은 두 사람이 헤어질 것을 요구했고, 이로 인해 두 사람은 1919년 5월경 헤어진다. 「XV」는 그녀와의 결별을 이렇게 노래한다. "비 내리는 이 밤,/우리는 너무도 멀어져 있다. 갑자기 펄쩍…/문 두 짝이 열렸다 닫히는 소리./바람 때문에 왔다 가는 문 두 짝./그림자   대   그림자."

시인은 자신의 사랑 이야기에 상당히 솔직하다. 시에스타, 즉 낮잠 자는 시간의 성애를 표현한 「XXX」는 "나른해진 온몸,/타오르는 욕망의 순간적 불꽃,/방황하는 고추의 매운 맛,/부도덕한 오후 2시." "단 한 순간을 위해 그토록 오래 물건을/신고 있었느냐고 가볍게 투정하는/그녀의 발랄한 성기./우리의/가난한 낮과 거대한 밤 사이에 있는 권역./부도덕한 오후 2시."처럼 거칠 것이 없다. 「XXXIV」에서도 역시 "끓어오르던 오후도 끝났다."면서 시에스타 시간의 육체적 탐닉을 암시한다.

『트릴세』에서는 평론가들이 다양한 의견을 가진 시일수록 성적 코드로 읽으면 의외로 쉽게 해석되는 경우도 많다. 일례로 「VII」은 '1920년 송년의 밤에 시인이 고향을 방문하고 고향마을의 구석구석을 다니면서 그 감흥을 노래했다'라는 해석으로는 이해할 수 없는 시어가 난무한다. 1, 2연은 고향 방문이라는 해석을 적용해도 무리가 없다. 그러나 5연의 1921이 연도를 말한다면, 1920년 12월에는 시인이 고향마을에 있어야 하나, 실제로는 트루히요 감방에 있었기 때문에, 이 해석에는 무리가 따른다. 특히 3연에서 왜 갑자기 고향마을과는 큰 관계가 없는 '연장', 어떤 작업을 성공적으로 마친 후에 말할 수 있는 '됐다!' 같은 시어가 등장하는가 하는 의문이 나온다. 이 시를 에로스적 관점에서 보면 1, 2연의 '거리 구석구석까지'는 고향마을의 거리가 아닌 여체의 구석구석으로, 3연에서 말하는 '연장'이 길고 끝부분이 휘어진 도구라는 것을 감안한다면 남성의 성기로 볼 수 있다. 그 다음의 '됐다!' 역시 2연의 마지막 행인 "드디어 개선장군이 되었다."와 연결하면 성공적인 성교를 한 다음의 감탄사로 해석할 수 있다. 그렇게 본다면 4연은 당시 두 연인이 만난 시간을, 마지막 연은 성교 후의 나른한 상태에서 맞이하는 송구영신의 폭죽 축제가 된다. 그러나 1920년 말에 감방에 있던 시인에게는 여인과의 성애 자체가 상상 속에서 일어난 것이기 때문에, 터지는 폭죽마저 제대로 작동이 되지 않는 '반신불수'일 수밖에 없었을 것이다.

시인의 육체적 사랑은 죽음의 이미지로 변모한다. 『검은 전령』 「시인이 연인에게」에서 육체적 사랑의 정점의 순간은 "당신은 십자가에 못박히셨습니다./나의 입맞춤은 두 개의 널빤지 위로 쏟아졌지요."로 표현되고, 괴로워하는 연인을 보고 "예수께서/우셨음을" 감지한다. 그 이상한 밤에 "죽음의 신은 온몸으로 즐겁게 노래를" 부르고, "나는 두 번째로 나락에" 떨어진다. 나락 이후 두 연인을 기다리는 것은 죽음으로, "우리 둘은, 꼭 붙들고 함께 죽어갈" 것이며, "우리는/한 무덤에서 다정한 남매처럼 잠들어 있을" 것이다. 육체적 탐닉은 종종 하나의 미사에 비유된다. 『검은 전령』에서 육체적 만남의 정점은 상대방을 "정복하고 정복당한"(「패전」) 순간으로 그려진다. 그러나 신성한 미사와는 달리, 육체적 만남은 「검은 잔」을 봉헌하는 검은 의식이며 죽음의 신이 춤추는 의식이다. 따라서 사랑이 정점에 달한 열락의 순간, 시인은 죽음의 그림자를 보게 된다. 「벌거벗은 진흙이 되어」에서 "무덤은 아직도/사내를 유혹하는 여인의 성기."라고 탄식할 때, 시인의 육체적 탐닉은 죽음과 궤를 같이 한다는 것을 알 수 있다.

육체적 사랑의 절정은 기쁨과 절망, 시작과 끝을 동시에 감지하는 순간으로 그려진다. 그로 인해 육체적 쾌락의 순간, "행운을 감지한 순수한, 그리고 마지막 돌이 이제 막 죽었다./영혼 포함해서 완전히."(『트릴세』「X」)라고 선언한다. 거리에서 만난 여인과의 사랑을 그린 『트릴세』「XI」에서도 "오늘 그녀를 어루만졌을 때/제 두 손은 그녀의 나이 안으로 들어갔습니다./훼손된 무덤."이라며 육체적 사랑과 죽음을 상징하는 무덤을 중첩시킨다. 사랑의 신음은 죽음의 신음으로 감지되고, 육체를 탐닉하는 시인 자신은 점점 더 무덤을 향해 나아간다고 느낀다. 시인은 아담과 이브의 원죄를 회상하면서, 신에게 복종하지 않아서 내쳐진 인간의 운명, 죽음을 안고 살아가야 하는 숙명에 대한 비극적 인식으로 괴로워하고, 그 모든 것을 인간의 탓, 자신의 탓으로 여긴다.

2. 신―부재, 부존

바예호 시집에서 가장 빈번하게 등장하는 단어 중 하나는 '신'으로, 특히 그의 시 세계를 여는 『검은 전령』과 유고시집인

『스페인이여! 나에게서 이 잔을 거두어다오』에서 더욱 자주 등장한다. 시인이 성서, 특히 신약성서, 미사의 봉헌의식, 일상생활에서의 신자들의 신앙생활에 대해 잘 알고 있었다는 것은 그의 시 세계 전반에서 드러난다.

그러나 시인의 하느님은 인간의 현실에서는 존재하지 않고 인간이 겪는 고통도 이해하지 못한다. 신은 멀리 떨어져서 인간이 사는 모습을 그저 바라만 볼 뿐, 고통받지 않게 하려는 노력조차 하지 않는다. 그로 인해 시인은 인간이 신에게서 버림받은 존재라고 생각한다. 인간이 그렇게 고통을 받는다면 왜 인간을 창조했을까? 하는 의문은 신이 인간에 대해 관심이 없고 그저 심심해서 만들어 놓은 존재이며, 신은 인간을 사랑할 수조차 없다는 사고로 이어진다. 즉, 신은 『검은 전령』「하나에 천 원이요」에 등장하는 '복권장수'가 부르짖는 행운처럼 '이름만 존재하는 신'이다. 그럼에도 불구하고 기댈 곳은 역시 하느님의 자비심이라는 사실 앞에서 시인은 좌절한다.

니체를 연상시키는 신의 부재 혹은 부존이라는 사고는 부조리한 현실에 신은 함께하지 않는다는 논리로 도약한다. 『검은 전령』「죽은 형에게」에서 하느님은 '눈먼 할아버지 신'으로 묘사된다. 눈이 멀었기 때문에 제대로 보지 못하는 것이고 판단도 그르치므로 사랑하는 형을 데려가신 것 아니겠는가? 또한 "주님! 당신께서 인간이셨더라면,/오늘은 하느님이 되실 줄 아셨을 겁니다./당신의 피조물은 고통받고 있습니다./항상 안온했던 당신은, 그러나, 인간의/고통에 대해 관심조차 없습니다. 당신은 멀리 계십니다."라며 신을 원망한다. 시인은 신이 피조물을 재미 삼아 만들어 놓았다고 간주하면서, "오, 주님! 이 캄캄한 밤, 무언의 밤,/ 더 이상 게임을 못 하실 겁니다."(「영원한 주사위」)라고 말한다.

반면 인간과 하느님 사이의 연결고리인 예수는 다르다. 시인은『검은 전령』「일용할 양식」에서 "한 줄기 강렬한 빛이/십자가에 박힌 못을 빼내어/거룩한 두 손이/부자들의 포도밭에서 먹을 것을 꺼내" 가난한 이들에게 나누어주기를 바란다. 가난한 사람들을 위해 무언가를 할 수 있는 존재를 바로 인간으로 살아갔고 가장 극심한 고통을 겪어낸 예수로 본 것이다. 여기서 시인은 자신과 예수를 동일시하면서, 예수처럼 자신도 늘 고통 속에서 살아가는 존재라고 생각하게 된다. 「배고픈 사람의 수레바퀴」에는 "내가 앉아 쉴 돌조차/없단 말인가?"라는 한탄이 나오는데 이는 마태복음 8장 20절의 "예수께서 이르시되 여우도 굴이 있고, 공중의 새도 거처가 있으되 오직 인자는 머리 둘 곳이 없다."라는 탄식을 떠오르게 한다.

신에 대한 부정적 사고에도 불구하고, 종교적 분위기에서 자란 시인은 궁극적으로 그리스도교적 사고방식을 벗어날 수 없었다. 시인의 은유와 상징은 많은 부분에서 성경의 일화와 관련이 있다.『검은 전령』「성스러운 나뭇잎 추락」에서는 물푸레나무 아래에 얼굴을 드러낸 달이 왕관을 쓴 것처럼 보이고, 그것은 바로 십자가에서 가시나무로 면류관을 쓴 예수를 떠올리게 한다. 그래서 시인은 "달! 거대한 머리 왕관!/(…)/예수의 붉은 왕관!"이라고 노래한다. 「타조」에서는 "저 위에서 내려온 여인의 만나를 다 먹어치우면 안 돼./내일 그 만나에서 십자가가 태어나기를 나는 고대한단다."라고 적었다. 이것은 모세의 영도로 이집트를 탈출한 후, 굶주린 상태에서 광야를 헤매던 이스라엘인들에게 하늘에서 내려온 '만나'는 하느님이 보내준 귀한 양식이었음을 시인이 익히 알고 있었다는 것을 보여준다.

『검은 전령』에 총 69편의 시가 6개의 소제목으로 분류되어 있다는 것도 종교적 사고와 관련이 있다. 신약성서의 마태복음 18장 22절에서 예수는 잘못을 저지른 형제에게 '일곱 번뿐 아니라 일곱 번씩 일흔 번이라도 용서하라'고 가르친다. 따라서 성서에 의하면 7과 70은 용서와 직결되는 숫자인데, 시집이 6부로 나뉘어 있으며 69편의 시가 실린 것은 7과 70보다 하나가 부족하다는 것을 보여주려는 의도로 해석된다.

3. 유년시절─돌아갈 수 없는 지상의 천국

내적 고통의 출구는 아무런 근심 없이, 고통 없이 지낸 유년시절의 그리움으로 이어진다. 그리고 부모형제와 함께한 유년의 추억은 이제 신화의 범주로 들어간다. 그러나 그 유년시절은 돌아갈 수 없는 곳이며, 그래서 더더욱 안타까운 '지상의 천국'이 된다. 『검은 전령』의 「버드나무」 「시골」 「오월」에서 보듯이, 시인의 유년시절 그리움은 그 무대였던 고향마을에 대한 단상으로 이어진다. 『트릴세』 「III」에서 시인은 일하러 나간 어른들을 바로 위의 누나들인 아게디타, 나티바, 그리고 형 미겔과 함께 놀며 기다린다. 어린 자식들을 두고 일하러 나가면서 부모들은 항상 '오래 걸리지 않는다'는 말로 달랜다. 시인의 어머니도 그렇게 했다. 시인은 "어른들은 항상/어린 우리들을 집에 두고/우리보다 먼저 앞서 나가거든. 우리가/떠날 줄도 모르는 사람인 양. 그리고 미안하니까/돌아오는 걸로 갚는 거야."라고 표현한다. 어린 시절 누나들과 형에게 "나만 혼자 가둬두면 안 돼."라던 시인은 결국 어른이 되어서 감방에 갇히게 된다.

열악한 교육환경으로 인해 13세에 중등학교 진학을 위해 고향에서 15시간이나 걸어야 하는 와마추코로 간 시인에게 고향은 곁에 없는 곳, 이별하는 곳, 그렇기에 더욱 더 애절한 곳이다. 「먼 걸음」에서 시인은 "이 오후에 깨어진 것이 있다면,/아래로 내려와 삐걱대는 것이 있다면,/그건 휘어진 하얀 두 개의 옛 길./내 마음은 그 길로 발을 달린다."라면서 고향을 향한 마음의 여행을 한다. 그러나 방학에나 찾을 수 있었던 고향집은 어려서 형제들과 뛰어놀던 그런 공간이 아니다. 그 시절의 법석대는 소리 대신 이제 "조용한 집 안에는 외로움이 흐른다./소식도 없고, 푸르름도 없고, 어린애도 없다." 「김 빠진 술」에서는 학업을 위해 부모와 헤어져 살아야 하는 산촌 아이들의 비애가 그려진다. "아버지는 한 주 만에 모인 자식들 앞에서 "내일 학교에 가야 한다."라고 스승처럼 말씀하시며, 먼 훗날 남자라는 존재가 해야 할 일을 보여주십니다./결자해지. 인생도 그런 법./어머니는 울음을 억누르며 속으로 우십니다. 이제 아무도 말리려 들지 않습니다. 아버지의 입에서 나오던 눈에 익은 숟가락이 동강나버립니다. 아들의 쓰디쓴 괴로움이 아버지의 입 안에 남았습니다." 일요일 가족의 단란한 저녁식사 시간은 다음날 새벽의 이별로 인해 어머니는 속으로 울고, 아버지는 울음을 참느라고 입에 넣은 숟가락을 뺄 수 없는 괴로운 정경이 되었다.

유년의 추억은 『트릴세』 「LII」에서 그리듯 훈훈하다. 시인은 1연에서 아침에 일어나라고 깨우는 엄마를 형제들과 골려준다. "우리가 원할 때 일어나자꾸나./엄마가 짐짓 화난 척하시면서/큰 소리로 일어나라고/노래하셔도 말이야." 그리고 2연에서는 연을 날리려고 '꼭두새벽에' 일어나던 유년을 노래한다. 그리고 이 추억은 어머니에 대한 추억이기도 하다. "어린 시절, 셀 수도 없을 만큼 많이, 달걀노른자로만/과자를 구워주시던 따스한 제과기, 어머니!//오! 어머니! 기가 질리게 울고 울었던/당신의 거지들! 네 마리 새끼들!/두 어린 누나들, 죽은 미겔 형,/그리고 저, 저는 겨우/가갸거겨를 그릴 어린 나이였습니다."(『트릴세』 「XXIII」)

이런 피붙이들과의 영원한 이별은 시인에게 감당할 수 없는 무게였다.『검은 전령』「나의 형 미겔에게」는 시인의 바로 위 형 미겔의 죽음을 그리고 있다. 숨바꼭질 놀이를 함께 했던 형은 8월 어느 날 밤, 술래가 찾아도 나올 수 없는 곳으로 들어간다. 동생은 "형! 너무 늦게까지 숨어 있으면 안 돼./알았지? 엄마가 걱정하실 수 있잖아."라며 형이 숨은 곳에서 나오기를 고대한다. 3년 후에 찾아온 어머니 마리아의 죽음, 그 이듬해에 찾아온 누나 마리아의 죽음, 이어지는 연인 마리아의 죽음은 시인의 고통을 더욱 심화시킨다.「영원한 주사위」에서 시인은 "오, 주님! 제가 살아 있으므로 울고 있습니다./(…)/그러나 이 불쌍한, 생각하는 진흙은/당신의 옆구리에 있는 상처가 아닙니다./당신은 당신을 떠날 마리아도 없지 않습니까!"라며 울부짖는다.

어머니에 대한 시인의 그리움은 절절하다.「절대적 존재」의 1연과 2연에서 돌아가신 어머니는 '빛바랜 옷' '어두운 옷'으로, 병중에 계시던 7월은 '어둠 속의 7월'이고 돌아가신 8월은 '이제 막 베어진 8월'로 상징된다. 모친을 안치한 관은 값 비싼 관이 아니라 '혐오스러운 송진 묻은 소나무'이고, 남겨진 자식들은 '잘못된 과실들'이다. 일생을 힘들게 살아온 어머니의 고통은 벌려진 '빛바랜 옷에 난 상처'가 보여주고, 그 옷에서는 '타버린 꿀 냄새'가 난다. 어머니는 죽음이라는 무한의 시간에 '닻을 내리'신 것이고, 입고 계셨던 이 세상의 낡은 옷은 '단번에'

'화려한 냄새'로 변모하고, 시적 화자는 '이제 막 시작된 슬픈 연회'를 노래한다. 그러나 죽음, 한계, 끝나버리는 것에 대해 신은 무관심하다. 4연에서는 성스러운 것과 인간적인 것이 시공간을 초월하는 사랑으로 '모든 것을 위한 하나'로 모아지기를 기원한다. 절대자는 그 사라짐을 멈추게 할 수도 있는 존재, 그러나 신은 인간의 고통에 무관심하다. '바꿀 수 없는 불쾌한 경계선'인 신이 경멸조로 '어깨를 으쓱하자' 악의 화신인 '뱀들'이 꿈틀댄다. 결국 남은 것은 어머니의 죽음인 '주름' 하나, '그림자' 하나다.

친구 집에 점심 초대를 받은 시인은 "오늘 혼자서 점심을 먹었습니다. 어머니도,/'좀 먹어봐'도, '들어라'도, 물도" 없는 식탁에서의 음식은 '흙'이 되고 "삼키기도 어렵게 딱딱해지고, 사탕은/쓸개, 커피는 장례식 향유"가 되며, "어머니의 '들어라'가 무덤에서 나오지/않을 때,/어두운 부엌, 불행한 사랑."이라며 어머니를 그리워한다.(『트릴세』「XXVIII」)

시인은 고향을 찾을 때마다 고향집에 있어야 할 가족들이 없다는 사실 앞에서 허탈감을 느낀다.『인간의 노래』「"이 집에는 아무도 살지 않아요"」에서 시인은 "누가 떠나버리면, 누군가 남게 마련이라고. 한 사람이 지나간 자리는 이제 아무도 없는 곳이 아니라고. 그저 없는 것처럼 있을 뿐이며, 아무도 지나가지 않은 곳에는 인간의 고독이 있는 것이라고." 말한다. "모두들 집에서 떠났다는 것은 실은 모두들 그 집에 있다는 것. 그렇다고 그들의 추억이 그 집에 남은 게 아니라, 그들 자신이 그 집에 있는 것이다."라며 스스로를 위로한다.

4. 인간에 대한 연민, 사랑

시인은 신에게서 내쳐진 인간, 특히 소외되고 고통받는 인간에 대해 깊은 애정, 동질감을 느낀다. 안데스 산촌 출신인 시인은 전형적인 메스티소, 즉 백인과 원주민의 혼혈의 후손으로, 고향에서 늘 보아왔던 원주민, 즉 '인디헤나'의 피가 자신에게도 흐르고 있음을 익히 알았다. 시인은 『검은 전령』에서 '제국의 향수'라는 부 제목으로 총 13편의 시를 묶었다. 이들 시에는 원주민의 전통 요소와 스페인에서 이식된 요소가 동시에 등장한다. 「제국의 향수 I」에 등장하는 동네에는 스페인 사람들이 전해준 그리스도를 모시는 성당이 있다. 그 성당에서 종소리가 나지만, 성당 문은 열리지 않는다. 시인은 "성스러운 소품 하나가 죽어간다"며 비아냥댄다. 3연에서는 인디오들이 의자에 앉아 술잔을 마주치며 마시는 모습을 성당의 제대에 포도주를 바치는 봉헌의식에 빗대어 "황금빛 치차를 드높이 들고/합창하며 봉헌하는 제단."으로 묘사한다. 「제국의 향수 II」의 노파는 인디헤나의 '대지의 모신'인 마마 오크요의 현신으로, "제국시절부터 이어온 피로를/무거운 정적 속에서 지켜보는 건지도 모른다." 식민지시대 내내 굴욕적으로 살아온 이들과 함께하는 나무들 역시 '패배한 잉카의 긴 머리 음유시인들'이며, 이들이 감내하는 고통은 말도 안 될 정도로 '멍청한 십자가'로 대표되는 이식된 문화가 내리는 질긴 형벌이다.

「원주민에게 바치는 3부작」은 축제를 맞은 산촌 마을의 모습을 생생하게 그려낸다. 1부는 마을 수호성인의 날 축제가 시작되는 장면, 2부는 무르익는 축제, 3부는 축제가 끝난 다음의 모습이다. 이 3부작에는 혼재된 문화인 메스티소 요소가 등장한다. 시인은 이들의 핏줄에 흐르는 단조가락의 '야라비'가 '피맺힌 야라비'라고 읊음으로써, 300여 년간의 정복과 식민시대를 한을 품고 살아온 이들의 역사를 보여준다. 이들의 노래 반주를 맡은 전통악기 케나 역시 '깊은 한숨을' 쏟는다. 한편 이들이 섬기도록 강요받은 '현대판 태양신'인 가톨릭의 "성인(聖人)은/향, 초, 노래에 에워싸여/왕좌에 앉아 빛을 발한다."

시인은 가난한 이들에게도 깊은 연민을 느낀다.『검은 전령』「일용할 양식」에서 "문이란 문은 모두 두드려/모르는 사람일지라도 안부를 묻고 싶다. 그리고/소리 없이 울고 있는 가난한 이들을 돌아보고/모두에게 갓 구운 빵 조각을 주고 싶다."라고 말하면서 특히 소외되어 살아가는 이들에 대한 깊은 연민을 고백한다.「두 별 사이에서 부딪치다」에서 시인은 "빈대 있는 저 양반 사랑받기를,/비오는 날 찢어진 신발을 신고 가는 이,/초 두 개로 빵 한 조각만 한 시신을 지키는 이,/문에 손가락 하나가 낀 이,/생일이 없는 이,/화재로 그림자를 잃어버린 이,/앵무새를 닮은 짐승,/사람 같은 짐승, 가난한 부자,/정말 불행한 이, 가난한 가난뱅이."도 사랑받기를 기원한다.

소외받은 사람들에 대한 연민은 점차 모든 인류를 향한다. 『스페인이여! 나에게서 이 잔을 멀리해다오』「XII. 대중」은 전 인류의 사랑의 힘을 보여준다. 죽은 전사에게 한 사람, 두 사람, 스물, 백, 천, 오십만, 수백만 명이 몰려와 죽지 말라고 애원하나 시신은 응답이 없다. 그러나 전 세계인이 몰려와 그를 에워싸자 "감동을 받은 슬픈 시신은 그들을 보았습니다./그리고 천천히 일어나/맨 처음에 온 사람을 껴안았습니다. 그리고 걸어갔습니다."라고 노래한다. 이것은 죽은 나사로를 살린 예수를 연상시킨다. 그러나 동시에 집단의 단결을 강조하는 공산주의 사상 역시 엿볼 수 있다.

실제로 시인은 1917년 볼셰비키 혁명으로 왕정체제를 전복하고 평범한 시민, 노동자가 주인으로 등장한 소련체제에 대해 호감을 갖게 되며, 세 번이나 소련을 방문한다. 이로 인해 프랑스는 시인의 공산당 활동을 문제 삼아 비자를 거부하고, 스페인에서 잠시 거주하던 시인은 스페인 공산당에 정식으로 가입하기도 한다.

시인은 삶과 죽음, 위에서 군림하는 대장과 밑에서 시중드는 종, 고통에 찬 현재와 집단의 행복이 지배할 미래라는 이분법의 등식을 성립시켰다. 『인간의 노래』「산새들의 반대쪽」에서는 자신이 사는 이쪽과는 달리 저 반대쪽에서는 노동자가 "망아지의 머리갈래를 땋고/권력자의 말갈기를 땋고," 노래하는 모습을 목도할 수 있다는 사실에 스스로를 '정말 행운아'라고 생각한다. 노동자를 위시한 민중은 '위대한 존재'로 예찬되며 소련, 중국, 스페인 공화파에 의해 역사의 흐름을 바꾸는 혁명이 진행되던 당시를 "이보다 더 좋은 해가 있었겠는가!/이 세기보다 더 강한 순간이 있었겠는가!//내가 말하는 것은 바로/이 시대에 일어난 것이고,/중국에서, 스페인에서, 세상에서 일어나는 일이다."라고 노래한다. 그러나 소련의 지도자들에 대한 비판적 시각 또한 감지된다. 레닌은 '강철 같고 단호한 진실한 남자'였으나 장님이었고, 혁명의 이상을 배신한 그의 후계자들은 '배신의 손자들', 스탈린은 '창백한 남자', 트로츠키는 '술 취한 남자'로 묘사된다.

동일한 시집의 「흙더미」에서는 농사의 주역인 농민들을 이렇게 예찬한다. "근육으로 다져진, 맨몸의/농부들"이 "새벽안개를 헤치며 일한다./멋진 수염,/길들여진 발, 들판에서 진정으로 아름다운 존재."인 이들에게도 "머리, 몸, 사지는 있다./바지, 커다란 손과 손가락, 고추도 있다./식사를 할 때는 성장(盛裝)을 하고/억센 손바닥으로 얼굴을 쓰다듬어 닦는다.//이네들이 수많은 위험한 세월을/지내왔다는 건 사실이다. 그리고/고개 숙여 절해왔다는 것도." 광산 노동자들도 예찬의 대상이다. 「광부들이 광산에서 나와」에서 시인은 "입으로 쐐기를 박고, 입으로

담금질을 하고, 입으로 도구를 만지고, (정말 믿기 어려운 일이
야!)"라며 "천형(天刑)으로 그 옛날부터 해오던 위대한 작업!/잘
줄 모르는 신체 기관! 거친 침!/그들의 눈썹, 가늘고 날카로운
용기의 눈썹!/그들의 고함 속에 자라나는 풀, 이끼, 개구리!"라
고 감탄한다.

　세계의 지성인들에게 1936년에서 1939년까지 지속된 스페
인 내전은 상당한 영향을 준다. 당시 시인은 1932년부터 정식
으로 프랑스 영주권을 얻어서 파리에 거주하고 있었다. 시인은
내전의 와중에서 문우 가르시아 로르카가 살해당한 것에 큰 충
격을 받았다. 1936년 12월에 스페인을 방문한 후 파리로 돌아
온 시인은 '스페인 공화국 수호 이베로아메리카 위원회Comité
Iberoamericano para la Defensa de la República Española'를 조직
하고 이 위원회의 정기 잡지 『누에바 에스파냐Nueva España』
발간에 매진한다. 이 작업에는 칠레 시인 네루다도 참여했다.
이듬해 7월 바예호는 '반파시스트 국제작가회의Congreso de
Escritores Antifascistas'에 참여하기 위해 다시 스페인을 방문한
다. 파리로 돌아온 바예호는 국제작가협회의 페루 지부 사무총
장에 피선된다. 그리고 스페인 내전을 주제로 한 15편의 시를
『스페인이여! 나에게서 이 잔을 거두어다오』라는 제목으로 묶
어둔다.

　『스페인이여! 나에게서 이 잔을 거두어다오』에서 시인은 격
렬한 전투가 벌어졌던 에스트레마두라의 말라가, 빌바오, 산탄

데르, 히혼, 마드리드, 톨레도, 테루엘, 두랑고의 전투 모습을 그려내는 한편, 페드로 로하스, 라몬 코야르, 에르네스토 수니가와 같은 인명을 사용해서 이들 민병대들의 장렬한 전사를 그려냈다. 또한 민병대에 참여하는 사람들이 어떤 계층의 사람들이고, 어느 파시스트 군대들이 참전했으며, 외국에서 온 공화파 지원병은 어떤 일을 했는가를 노래함으로써 역사적 사실에도 충실했다. 내전 중의 스페인을 직접 방문해서 자신의 눈으로 전쟁의 참화를 목도한 시인은 현지에서 발행되는 신문 및 프랑스 신문을 통해서 내전에 대한 여러 가지 자료를 접할 수 있었을 것이다. 이런 이유들로 이 시집은 스페인 내전을 가장 생생하게 그려낸 것으로 정평을 받는다.

시인은 자신이 가진 모든 재산을 공화파에 보냈으나, 정작 직접적으로는 내전에 참전하지 못한 것에 대해 민병대에게 마음의 빚을 진 채 살았다.

시인이 인류와 사회의 발전을 위한 기본 축은 인류의 단결이며, 집단적인 것이 개인적인 것보다 우위에 있다고 간주하는 것은 잉카제국의 전통 사고방식과 일맥상통한다. 잉카제국의 토지공유제는 어떤 의미에서는 원시공산사회와 궤를 같이한다. 토지는 소유하는 것이 아니라 위탁해서 관리한다는 사고, 그리고 '아이유ayllu'라는 공동체를 기본단위로 한 주민생활은 개인적인 것보다는 집단적인 것에 가치를 두게 했다. 각 주민들은 매해 가족의 숫자에 따라 토지를 분배받았으며, 각 마을의 일정 토지는 공동체 소유로 모든 주민이 공동으로 경작해서 마을의 대소사 비용을 충당해왔다. 주민 공동체는 그 밖에도 마을의 도로, 도랑 등을 함께 건설해왔고, 한 마을의 주민은 모두가 서로를 한 가족으로 간주했기 때문에, 혈연관계가 아니더라도 이들은 가족 간의 호칭을 쓴다. 일례로 어른들은 모두 다 '할아버지tayta' '할머니mama' '삼촌tío' '고모tía'가 되고, 나이 어린 사람들은 모두 다 '조카sobrino'가 된다. 이 전통은 21세기 현대에도 안데스 마을에서는 그대로 지켜지고 있다.

5. 개혁적 시 쓰기

1) 케추아어 사용

시인이 고향의 말투를 자신의 작품에서 그대로 재현하는 것은 당연하다. 스페인어 시의 경우, 지역이 광범위하므로, 스페인에서 사용하는 어휘와 중남미에서 사용하는 어휘가 다른 경우가 많다. 또한 같은 중남미에서도 멕시코와 중미, 카리브, 남미의 북부, 안데스 지역, 과라니 문화의 파라과이, 아르헨티나와 우루과이는 발음뿐만 아니라 어휘에서도 차이가 있다. 바예호도 자신의 작품에서 스페인어와 케추아어가 공존하는 안데스 산촌 마을에서 사용하는 어법, 예를 들어 정관사를 생략한다거나, 케추아 어휘를 시어로 빈번히 차용한다. 일례로 음악

'야라비' '와이노', 악기 '카하' '케나', 전통 술 '치차', 전통 신발 '양케', 안데스 서식 동식물인 '야마' '비쿠냐' '고추나무molle', '가랑비chirapa'와 같은 어휘는 모두 다 케추아 어휘이다.

2) 신조어

바예호는 '시란 자연에 존재하는 유기체보다 훨씬 더 유기적인 생명력을 가진 것'[*]으로 보았다. 따라서 이미 존재하는 문법은 '언어의 기본 틀만 벗어나지 않는다면' 굳이 존재할 이유가 없으며, '시인 각자는 자신만의 고유한 문법의 틀을 짜고, 구문을 짜고, 철자법(…)을 가질 수 있는 것이다.'[**] 이런 관점에서 볼 때 『트릴세』는 시어의 상징을 어떻게 해석하느냐에 따라 다양한 감상이 나올 수 있는, 움베르토 에코가 말하는 '열린 작품'의 전형이라고 할 수 있다.

'자신만의 고유한 철자법'을 주장한 바예호는 대문자를 자유롭게 사용했다. 일례로 『트릴세』 「II」에서 '이름'에 해당하는 단어 nombre를 'nombrE'로, 「VI」의 마지막 연에서는 "그럼, 그걸 왜 못해!"를 대문자 ¡COMO NO VA A PODER!로 적었다. 뿐만 아니라 「IX」에서는 동일하게 소리가 나는 /b/와 /v/를 혼기

---

[*] Vallejo, César, Obras Completas Tomo III, Peru, Lima: Pontificia Universidad Católica del Perú, 1997, p. 435

[**] Ibid, p. 436

해서 había를 avía로, busco를 vusco로, babeo를 vaveo로, volver를
bolver로 적었다. 또한 반복되는 행위를 강조하기 위해 철자를
여러 번 반복해서 volver를 volvvver로 표기하기도 했다. 글자의
해체 혹은 글자 순서의 해체도 흔히 등장하는 기법이다.「XIII」
의 마지막 연에서는 '소리 없는 표효estruendo mudo'를 거꾸로
배치해서 'Odumodneurtse'로 적었다.

　시인이 만들어낸 신조어는 상당히 많다. 두 단어를 합쳐서
만든 합성어로는「1월의 노래enereida」, 즉 enero(1월)와 Enei-
da(베르길리우스의 서사시「아이네이스」)를 합친 단어, esperanza(희
망)와 génesis(창세기)를 합성한「같은 이야기espergesia」같은 것
을 꼽을 수 있다. 시인의 신조어는『트릴세』에서 심화된다. 제
목 '트릴세'에 대해서는 우선 시집 출판에 30솔, 즉 '트레스 리
브라스tres libras'가 필요했는데, 시인이 '트레스'라는 말을 여러
번 반복하다가 나온 발음이 '트릴세'였고, 그 소리가 마음에 들
어 시집 제목을 '트릴세'로 붙였다는 바예호 문우들의 주장이
있다. 또 '트릴세'라는 말은 의미가 전혀 없고, 단지 그 단어가
내는 음악성이 좋아서 붙였다는 설도 있다. 부인 조르젯도 남
편에게 물었을 때 그렇게 답했다고 주장했다. 또 다른 설은 '세
배로 달콤하다', 즉 '세 배triple'와 '달콤한dulce'의 합성어라는
주장이다. 한편 '슬픈triste'과 '달콤한dulce'의 합성어로 보는 이
들도 있다. 그 어느 주장이 맞든, 확실한 것은 사전에도 없는 단
어를 썼다는 것이다.「XXV」의 grifalda 역시 사전에 없는 신조

어로 grifo(취객, 곱슬머리) 혹은 grifalto(옛날에 사용된 작은 구경 대포)라는 설, 맹금류인 '매'라는 설이 있다. callandas 역시 callada라는 과거분사를 라틴어의 현재분사(-ando)를 이용해서 만들어낸 단어이며, se ennazala는 nasal(코)을 변형시킨 것이다.

3) 글자가 가진 시각적 요소 부각

시인은 또한 글자가 가진 시각적인 효과에도 관심을 가졌다. 『트릴세』「XV」의 '그림자 대 그림자sombra a sombra'는 첫 번째의 sombra와 두 번째의 sombra의 간격을 벌리고 그 사이에 전치사 a를 적어놓음으로써 문의 두 짝을 보여준다. 「XX」에서는 A라는 철자를 통해 벌어진 두 다리를 시각화했고, 비교급 용어 '조금 더más'를 해체해서 '조금/더má/s'로 적음으로써 작은 양을 더욱 더 작아 보이게 하는 효과를 노렸다. 「LXVIII」에서는 '깃봉에 꽂혀 있었다a toda asta'의 철자를 하나씩 분리시켜 세로 방향으로 정렬하여 옷걸이에 걸린 옷 형태를 보여주고, 마지막 a를 A로 적음으로써 옷걸이의 아랫면이 넓은 형태임을 시각적으로 제시한다.

4) 새로운 시어의 도입

바예호는 의사가 되고 싶어 의대에 갔으나 경제적 어려움으로 지속하지 못하고 문과대학에서 공부를 했다. 또한 농장의 회계보조로도 일한 적이 있으며, 법학을 공부해서 순회판사로 근무한 적도 있다. 이로 인해 그의 시어에는 과학, 수학, 의학, 법률 용어 같은 전문적인 어휘가 많이 등장한다. 의학 관계 어휘로는 『트릴세』「VIII」의 '심낭pericardios', 「XXV」의 '접합부junturas', 과학 관련 어휘로는 「IX」의 '서른두 개의 전선이 병렬로 늘어진treintidós cables y sus múltiples', 수학 관련 어휘로는 「X」의 '숫자guarismo', '세제곱한cubicado' 등이 있다.

뿐만 아니라 일상어인 '기저귀pañal'(「X」), 어린 시절에 놀며 하던 '시집갔대요se ha casado'(「XI」), '아브라카다브라abracadabra'(「XVII」) 같은 표현도 시어로 등장한다.

5) 중의법

스페인 바로크 문학의 거장이었던 케베도를 좋아했던 시인은 케베도 방식의 중의법을 많이 사용했다. 『트릴세』「II」3연에 나오는 "그랬지 그랬지Era Era"의 era를 ser(-이다) 동사의 과거로 보면 '그랬지 그랬지'라고 옮겨지지만, 명사 era로 보면 '시절 시절'이 된다. 6연의 "현재를 생각하라. 내일을 위해 남겨둬라Piensa el presente guárdame para/mañana"도 주어를 무엇으로 보느냐에 따라 '현재는 생각한다. 내일을 남겨달라.'로도 해석될 수 있다.

평론가들이 가장 난해하다고 말하는 「XXV」의 주제가 항해와 들판의 노동을 비교하고 있다고 보는 견해도 있으나, 육체적인 사랑을 항해에 견주는 것으로도 해석될 수 있다. 전자를 주장하는 이들은 1연을 해석함에 있어서 '접합부junturas'를 계곡으로 보고, 체스의 비숍에 해당하는 alfil을 농사의 도구로 본다. 물론 alfil과 이름이 유사한 농기구는 없다. 또한 cadillos를 '파슬리'로, lupinas parvas를 '잘라낸 콩'으로 간주한다. 그러나 이 연을 에로스 코드로 본다면, '접합부'는 여체의 은밀한 곳을, 끝이 뾰족하게 횃불 모양을 한 alfil은 형태로 보아 남성의 성기로 해석할 수 있으며, lupinas parvas가 짧은 콩과류 식물이고 cadillos는 가시 돋친 식물이므로 cadillos de lupinas parvas(무성한 난쟁이 풀), 즉 체모로 볼 수도 있는 것이다.

6) 아라비아 숫자의 도입

시인에게 숫자 1은 유일한 존재인 어머니, 동시에 세상에 나 혼자라는 생각, 즉 고아의식과 연결된다. 『트릴세』에서 1은 양면의 얼굴을 가진 야누스적 존재이다. 그래서 "1을 주지 마라,"(「V」) 하고 소리친다.

『트릴세』에는 총 77편의 시가 제목 없이 번호로만 적혀 있다. 『검은 전령』이 70에서 1이 모자란 69편의 시를 싣고 있는 반면, 여기서는 행운을 뜻하는 7이 두 번이나 등장한다. 시인이 69편의 미완의 숫자 다음에 77이라는 숫자로 두 번째 시집 『트릴세』를 출판한 것은 홀수에 대한 시인의 집착을 보여주며, 동시에 행운을 고대하고 있음을 보여준다. 숫자 7과 관련 있는 시가 바로 「XLVIII」이다. "내게는 70솔이 있다./마지막에서 첫 번째 동전을 집는다./69번의 접전 소리가 난다." 시인이 가진 동전의 개수는 70으로 성경에 흔히 나오는 7이라는 숫자에 모든 것이 통합된 둥근 모양의 0이 붙여진 것이다. 시인은 '69번째의 동전la que suena 69 veces púnicas'을 집는다. 그러나 관계대명사 la que는 여성 정관사 la와 관계 대명사 que를 합성한 것으로, 여기서 여성 정관사는 여성명사인 '동전'일 수도 있고, '그녀'일 수도 있다. 69의 6과 9는 0의 모습에 가장 근접한 숫자다. 69는 70이기에는 불완전한 숫자임을 보여주며, 동시에 성행위의 체위를 지칭하는 것으로 해석될 수 있다. "그녀는 69이면서 70에 도전한다./그리고 71을 오르고 72에서 뛴다." 69 다음의 숫자는 70, 70 다음은 7에 1이 합쳐진 71이다. 그리고 72는 7에 남녀의 결합을 뜻하는 2가 붙은 숫자다. 이제 비로소 숫자들은 늘어나기 시작하며 "그녀는 떨면서, 사력을 다해,/고하하하함을" 치는 것이다.

남녀의 결합을 의미하는 숫자 2는 "단 한 번에 증류하는 2"(「XII」), "부도덕한 오후 2시"(「XXX」), "2가 될 때까지 쳐다볼 줄만 알았던/그 순수한 여인의 이름으로"(「LXXVI」)에도 등장한다. 「XX」에서 '세 살배기 딸'은 바예호가 심취했던 변증법의 합인 3을 의미하며, 숫자 4는 감옥과 관련이 있다. "오! 감옥의 네 벽!/ 희디흰 네 벽/도리 없이 똑같은 숫자!"(「XVIII」)라고 읊고, 감방을 지키는 간수 역시 "하루에/네 번 열쇠를 사용한다."(「L」)

5는 불안한 숫자다. 한 손의 손가락이 5이며 따라서 일요일부터 셈해서 목요일로 끝나는 숫자도 5가 된다. 그 목요일은 시인에게 죽음을 연상시킨다. 「흰 돌 위의 검은 돌」에서 시인은 "어쩌면 오늘 같은 가을날 목요일"에 죽으리라고 말하며, 실제로 목요일에 의식불명 상태에 빠졌다.

그러나 어떤 경우에는 관련성이 결여된 숫자들이 한 연에서 등장하기도 한다. 『트릴세』「X」을 바예호 식의 숫자 상징을 통해 분석해보자.

1연에는 "시월의 방 그리고 임신한 방./석 달의 부재, 달콤한 열 달."이라는 표현이 나온다. 이것을 숫자로 제시하면 10, 3, 10이 된다. 1과 0이 합쳐진 숫자를 형상화하면 10이다. 따라서 10은 남녀의 합일을 상징하며, 3은 변증법의 합에 해당하는 숫자이다. 따라서 10월의 방은 육체적 결합, 임신한 방을 의미하며, '석 달의 부재'는 정(正)과 반(反)만 있고 합(合)이 없는 상태가 된다는 해석이 가능하다. 4연에서는 "열 달이나 성교를 하고, 열 뭉치를 향하고,/그 이상을 향한다./적어도 두 달은 기저귀 찬 상태./석 달의 부재./아홉 달의 임신."이라고 노래한다. 이것을 숫자로 적어보면 10, 10, 2, 3, 9이 된다. 10을 육체적 결합의 형상화라고 본다면, 육체적 탐닉이 자꾸 반복되므로 '열 뭉치'를 향하게 되는 것이다. 그렇다면 10개월은 12개월에서 '기저귀 찬 상태', 즉 육체적 탐닉이 없는 2개월을 뺀 것이다. 성교에 이어지는 현상은 임신이다. 임신 기간이 9개월이라면, 그것은 1

년에서 3개월이 부족한 '석 달의 부재'가 된다.

그러나 과연 이것이 시인이 의도한 바였는가에 대해서는 알 길이 없다. 설혹 시인이 살아 있다 하더라도 이 시의 의도에 대해 정확히 말할 수 있겠는가 하는 의문이 남는다. 시를 쓸 때의 상황으로 돌아가지 않으면 자신이 쓴 시라 하더라도 이해하기 힘들기 때문이다. 사실 시는 태어나는 순간 독자의 것이 되는 것 아니겠는가?

페루 안데스 출신 바예호는 40여 평생을 살면서 우리의 상상을 초월하는 고통을 겪었다. 가난한 집안의 막내로 태어나 학업을 위해 어린 시절부터 가족을 떠나 살았던 고아 아닌 고아. 대학을 졸업하고 수도 리마에서 교사생활을 하다가 잠시 방문한 고향에서, 그의 출세(?)를 못마땅하게 여겨온 마을의 지도층에 의해 억울한 누명을 써서 감옥에 갇힌 죄수. 문우들의 도움으로 집행유예로 풀려난 후 파리로 향한 도망자. 외로움과 평생을 따라다닌 가난으로 고통받으며, 병마와 싸운 환자. 소외된 이들, 가엾은 이들을 위해서는 자신의 안위도 안중에 없던 전사.

고통스러운 세상에 태어난 것 자체를 원망하고, 감히 신을 향해서도 서운함을 토로한 그는 그러나 인간, 특히 소외된 인간에 대한 깊은 연민을 가진 인물이었다. 문단에서 항상 바예호와 비교 대상이었던 네루다가 「바예호에게 바치는 송가」에서 "하늘과 땅,/삶과 죽음에서/두 번이나 버림받은/내 형제"라고 노래했듯이. 신에게서도 지상에서도 버림받은 이 시인이 부르는 노래는 살면서 고통을 겪는 사람 모두의 마음을 사로잡을 수밖에 없을 것이다.

세사르 바예호 연보

1892   페루 리베르타드 성(省) 와마추코 군(郡) 산티아고 데 추코에서 프
란시스코 바예호와 마리아 데 로스 산토스 사이의 11번째 막내아
들로 태어났으며 3월 19일에 영세 받음.

1900-1904   고향의 초등학교 재학

1905-1908   와마추코에 있는 중고등학교를 다님. 1907년 한 해 동안은 경제적
어려움으로 집에서 공부함.

1909-1910   부친의 일을 돕다가 광산에서 일자리를 찾으나 실패. 의대에 입학
하나 경제적 어려움으로 지속하지 못하고, 트루히요 대학교 문과
대학에 입학. 그러나 경제적 어려움으로 귀향.

1911   리마로 가서 산 마르코스 대학교 이과대에 입학하나 경제적 어려
움으로 포기하고 다시 귀향.

1912   사탕수수 농장에서 회계 보조로 일함.

1913   트루히요 대학교 문과대학에 재등록. 초등학교 시간 강사로 취직.

1915   8월 22일 형 미겔 사망. 논문「스페인 시의 낭만주의El Romanticis-
mo en la poesía castellana」로 학사 학위 받음. 트루히요 지식인, 시
인들과 교류하며 신문과 잡지에 시를 기고함.

1916   잠시 고향에 돌아온 후, 4월에 트루히요로 돌아가 법학 공부 시작.
산도발과 사랑을 나누는 사이였으나, 2년 후, 그녀가 결핵으로 사
망. 순회 판사로 임명받아 1917년까지 근무.

1917   미르토라 불렸던 소일라와의 격정적인 사랑과 절교. 무르기아라
는 성을 가졌던 소녀에게 이끌리나, 사랑을 나누지는 못함. 12월에
자살 시도. 12월 말에 리마로 감.

1918	당대 페루의 유명 시인인 아브라암 발델로마르와 교분을 틈. 그 밖에도 문단의 저명 문인들과 교류함. 고등학교에 교사로 취직. 존경하던 문인 마누엘 곤살레스 프라다의 죽음으로 고통받음. 8월의 모친 사망. 오틸리아와의 사랑. 재직하던 고등학교 교장직 맡음. 시집『검은 전령Los heraldos negros』완성.
1919	학교 학생 수가 격감하면서 경제적 고통에 시달림. 학교 이사의 조카였던 오틸리아와 헤어진 후, 재직하던 학교를 그만둠. 학원과 초등학교 교사로 취업. 이 해 7월에 시집『검은 전령』이 시중에 유포되며 세인의 주목을 받음. 문인 리카르도 팔마와 아브라암 발델로마르의 죽음으로 고통스러워함.
1920	4월에 트루히요 방문. 그 며칠 후, 친구 에스페호 아스투리사가와 함께 고향 산티아고 데 추코 방문. 두 달 후 트루히요로 다시 돌아옴. 산티아고 성인 축제일(7월 23일)을 맞아 다시 고향을 방문. 팽팽한 정치적 긴장의 와중에 8월 1일 소요사태가 발생하며, 한 상점에 화재 발생. 8월 20일 바예호는 방화범으로 오인되어 체포 영장이 발부됨. 바예호는 와마추코를 거쳐 트루히요로 도피. 친구 안테노르 오레고 집에 숨어 지냄. 결국 11월 5일 체포되어 감옥에 갇힘. 112일 후, 문인들과 친구들의 항의, 학생들의 탄원서로 이듬해 2월 16일에 풀려남. 옥중에서 트루히요 시가 주는 문학상 수상.
1921	3월에 리마로 감. 교사로 취직.
1922	단편「삶과 죽음의 저편Más allá de la vida y de la muerte」으로 문학상 수상.『트릴세Trilce』출판.
1923	『트릴세』는 주목을 받지 못함. 단편소설「야만적 우화Fabla salvaje」출판. 7월 13일 파리 도착.
1924	3월에 부친 사망. 파리에서 라틴아메리카 시인들과 교류. 친구 코르네호가 바예호의 귀국 여비를 마련하나 본인은 스페인 유학을 원함.

1925	번역, 잡지 기고 등으로 생계 유지. 10월에 스페인 장학금 수령.
1926	1월에 스페인 마드리드로 감. 5월에 앙리에트와 동거 시작. 트루히요 재판소는 1920년의 사건으로 바예호 체포 명령을 내림. 7월에 문우들과 함께 시 전문지『프로 파리 시Favorables-París-Poema』발간하나 10월에 2호 발행을 끝으로 폐간.
1927	3월에 다시 마드리드 방문하나 곧 파리로 돌아옴. 마르크스주의에 심취.
1928	경제적 고통 외에도 병마에 시달림. 9월 소련 방문. 11월에 조제트와 동거.
1929	마르크스주의 연구 계속. 조제트와 함께 소련 방문.
1930	5월에 스페인 방문. 스페인 문단의 인사들과 교류.『트릴세』를 7월에 스페인에서 발간. 그의 절친한 친구 카를로스 마리아테기가 리마에서 사망. 소련 방문과 공산주의 신문에 낸 기고가 문제가 되어 12월에 파리에서 추방되어 스페인으로 향함.
1931	3월에 소설『텅스텐El Tungsteno』출판. 스페인에서 거주하는 동안 가르시아 로르카와 우정을 나눔. 10월에 다시 소련 방문.
1932	정식으로 프랑스 영주권을 획득하고 7월부터 파리에 거주.
1933	경제적 상황이 급속도로 나빠짐.
1934	재추방의 위험에도 불구하고 정치 집회 계속 참여. 희곡『콜라초 형제Colacho hermanos』씀. 11월에 조제트와 결혼.
1935	『콜라초 형제』를 각색하여 영화『아메리카 대통령들Presidentes de América』의 시나리오를 씀.
1936	희곡『지친 돌La piedra cansada』완성. 7월 스페인 내전 발발. 8월 가르시아 로르카 살해 소식에 충격 받음. 12월 스페인 방문.
1937	페루로 귀국할 것을 포기. '반 파시스트 국제 문인대회' 참여 위해 스페인 재차 방문.
1938	건강 악화로 4월 15일 사망. 4월 19일 프랑스 몽루주에 묻힘.

오늘처럼 인생이 싫었던 날은

세사르 바예호 시선집

초판 1쇄 발행 2017년 9월 5일
초판 5쇄 발행 2021년 7월 29일

지은이 세사르 바예호
옮긴이 고혜선
펴낸이 김선식

경영총괄 김은영
콘텐츠개발2팀장 김정현 **콘텐츠개발2팀** 박하빈, 김보람, 이상화
마케팅본부장 이주화 **마케팅본부장** 이미진, 박태준, 유영은
미디어홍보본부장 정명찬 **홍보팀** 안지혜, 김재선, 이소영, 김은지, 박재연, 오수미, 이예주
뉴미디어팀 김선욱, 허지호, 염아라, 김혜원, 이수인, 임유나, 배한진, 석찬미
저작권팀 한승빈, 김재원
경영관리본부 허대우, 하미선, 박상민, 윤이경, 권송이, 김민아, 이소희,
　　　　　　 김재경, 최완규, 이우철, 이지우, 김혜진

외부 스태프 디자인 정은경

펴낸곳 다산북스 **출판등록** 2005년 12월 23일 제313-2005-00277호
주소 경기도 파주시 회동길 490
대표전화 02-704-1724 **팩스** 02-703-2219 **이메일** dasanbooks@dasanbooks.com
홈페이지 www.dasanbooks.com **블로그** blog.naver.com/dasan_books
종이 한솔피앤에스 **인쇄·제본** (주)갑우문화사
ISBN 979-11-306-1415-1 (03870)